ヘルベルト詩集

関口時正 編・訳・解説

未知谷

目次

ヘルベルト詩集

第一詩集『光の絃』*Struna światła*（一九五六年）から

第一詩集『光の絃』は、一九五四年にはすでに発表する準備ができていたが、自分の作品に検閲で鋏を入れられることを徹底的に拒んだヘルベルトは、出版する機会を待った。スターリン主義の克服が本格化した一九五六年、ポーランドでは六月にポズナン市民が政権に対する大規模な抗議行動を起こした。この詩集の印刷製本が完了したのも六月である。出版社はワルシャワのチテルニク（Czytelnik）で初版は二一〇五部。ノンブルの打たれた頁数は八二。初版に収録された四〇篇のうち、この訳詩集では二一篇、つまり半数以上を採ったが、全体の採択率が四分の一に満たないことを思えば、五割以上というのはずいぶんと高い割合になった。訳者である私の基準や傾向を示すと同時に、そもそもヘルベルトの詩がすでにこの段階で完成していた証左であるようにも思える。

九月との訣別　Pożegnanie września

槍騎兵の槍のように煌《きら》めく
日々はアマランス色だった

拡声器で歌われていたのは
ポーランド人と銃剣についての
時代錯誤の歌

鞭ふり上げる
テノールの一節《ひとふし》ごとに
発表された人間魚雷の名簿

ちなみに彼らが

戦時の六年ひそかに
運んだのは豚の脂
みじめな不発弾

槌矛《つちほこ》の眉をつり上げ
司令官は呼号した――
釦《ぼたん》一つ渡すまじ

釦たちは笑った――
渡すまじ渡すまじ
ヒースの野に平たく縫いつけられた少年たちを

ナチス政権のドイツ国は一九三九年九月一日にポーランド共和国領土への侵攻を開始した。第二次世界大戦の始まりとされる事件だが、ポーランド語で歴史をふりかえる文脈で「九月」と言えば、優先的に連想されるのがこの年の九月である。ドイツだけでなくソ連も同じく宣戦布告なしに同じ月の一七日に侵略を始め、ポーランド軍は各地で応戦したが、結局十月六日に降伏した。これをポーランド語で「九月戦役」と呼ぶ。日本ではあまり知られていないかもしれないが、この九月、ポーランド人はドイツのナチスとソ連の赤軍を相手に、東西二正面で同時に戦うことを強いられたのだった。

「槍騎兵」と訳したポーランド語はulan（ウワン）で、剣のほかに槍も持って戦う騎兵を指す。英語にもuhlanあるいはulanとして入るなど、欧州の各近代語で、ポーランドならではの伝統的な兵制や軍服、あるいは実際にポーランドの影響下に各国で採用された装備や服を連想させる語彙として存在している。ポーランド人がタタール（韃靼／蒙古）人と出会った中世にまで遡り得る、古色蒼然たる言葉だが、十九〜二十世紀においてはとりわけ女性が憧れるタイプの軍人像を代表した。第一次世界大戦やポーランド・ソヴィエト戦争（一九一九〜二一）でも現役だったウワン部隊は、第二次世界大戦でも存続した。さすがに槍を対戦車小銃に持ち替えはしたし、馬で戦車に立ち向かったというのは虚構だが、九月戦役を題材とした詩にこの言葉が現れても何ら不思議はなかった。

アマランス（amarant）はアマランサスとしても構わないかもしれないが、ここは色の名である。場合に応じて茜色、紅色、臙脂色、薔薇色、桃色、躑躅色、牡丹色などのいずれかにあたるだろう、幅のある色合いである。興味深いのは、この色がウワンら騎兵を初めとする軍人の服の一部（折り返しや記章、帽子の一部）や軍旗、国旗によく使われ、軍人を指す換喩としても機能していたことで、結果としてウワンもアマランスも軍歌にしばしば（時に同時に）登場する。ちなみに、外来の響きが強いこの単語の語源となったギリシア語では「萎れぬ花／不死の花」だと言う。

このように冒頭の二行が懐古趣味的、ロマン主義的なイメージで固められたところへ、次の連で「時代錯誤の歌」という断言がもたらす反転は強烈でヘルベルトらしい。

一九三八年四月、ヒトラーによってポーランド・ドイツ不可侵条約が破棄され、ポーランド人の危機感がいよいよ高まる中、いざという時に備え、陽動作戦や突撃を実行する「生ける魚雷」（żywe torpedy）という特殊部隊が志願兵を民間から募って組織された。一九三九年八月末までに女性一五〇名を含めて約四七〇〇名が志願したという。魚雷とは名乗っても、陸海空あらゆる戦場での決死的行動を想定するものだった。ここでは「人間魚雷」と訳した。

「敵には服のボタンひとつ渡すまい」――というのは早く十九世紀初めには使われていた表現のようだが、後のこの時代には、特に元帥エドヴァルト・シミグヴィ＝リッツ（Edward Śmigły-Rydz, 1886-1941）が演説で一度ならず用いて国民を鼓舞したため、彼と関連づけられるようになっていた。「ボタンひとつ」（ani guzika）という短く鋭い省略形で充分機能した成句。九月戦役時のポーランド総司令官だったシミグヴィ＝リッツ（リッツ＝シミグヴィとも言う）は雄々しく立派な眉を持っていたので、「槌矛」（あるいは戦棍）のような眉という言葉だけでも読者はこの軍人を想起した。

記憶された三つの詩　Trzy wiersze z pamięci

I

闇から解《ほど》いて出した手で
《君》についての回想の
題名を探るが見つからず
顔の跡を踏んでゆく

柔らかで優しい複数の横顔は
硬い単数の輪郭に凍りついた

　空気の額《ひたい》のように虚ろな
僕の頭の上を旋回する

黒い紙の影法師

Ⅱ

にも拘らず——生きながら
抗って——生きながら
僕は忘却の罪を自ら咎める

余計な一枚のセーターのような抱擁
問いのような視線を君たちは残していった
僕らの掌《てのひら》は君らの掌の形を人に伝えることはできない
ありふれた物に触れながら僕らは君たちの掌を浪費する

鏡のように穏やかで
呼吸で黴びてもいない
眼は問いを撥《は》ねかえす

日々僕は視線を更新する
日々僕の触覚は成長する
こんなにも多くの物の近さにくすぐられ

生は血のようにぶくぶく滾《たぎ》り
《影霊》たちは優しく溶ける
戦死者たちが亡びるのを僕らは許すまい――

記憶を伝えるのはおそらく雲――
ローマン・コインの摩滅した横顔

III

僕らの通りの女たちは
平凡で善良だった
辛抱強く広場から滋養に富む
野菜のブーケを運んでくれた

僕らの通りの子供は
猫の悩みの種だった

鳩たちは――
　　　灰色で穏やか

公園には《詩人》の像があった
子供たちは樽の箍《たが》や
カラフルな叫び声を転がし
鳥たちは手の上に止まって
彼の沈黙を読んだ

妻たちは夏の夕べ
よく知った煙草の匂いをさせる
くちびるを辛抱強く待ち受けた

女たちは子供たちに答えることが
できなかった――帰ってくるの

町が沈みかけると
女たちは眼にあてがった
両手で火を消した

僕らの通りの子供たちが
得た死はとても重かった

鳩たちは軽やかに落下した
撃たれた空気のように

今や《詩人》の唇は
空っぽの地平線だ
喪に服した町の殻には
冷めた遺骸の和毛《にこげ》の中では

鳥も子供も妻も住めない

鏡の記憶のように滑らかな
水の畔に町は立つ
水中に底から映り

そして高い星めがけて飛んでゆく
そこでは火事の匂いも遥かに遠い
イーリアスの一頁のように

戦死した詩人たちに　Poleglym poetom

歌い手の唇は溶接されている
歌が終わり黄昏が始まる場所
天の影が大地を覆う
地平線の間違った色の下
歌い手は眼で夜を発音する

星々の稲積《にお》の中で飛行士たちが鼾《いびき》をかく頃
おかしな巻物を守りながら君は逃げる
言葉のモザイクを君は失くす正義の
弾丸を出迎えようとする君の逃走に
つきまとうのはメタファーの笑い声

木魂の影のような　君の言葉の虚しさ
空《から》のスタンザの部屋から部屋へ吹く風
歌で火事を聖別するのは君の仕事でなく
射貫かれた掌の死んだ魚のような花々を
あたら浪費しながら君は枯れてゆく

反歌

沈黙する者は受けいれよ驚きから逃れようと
して彼は犬のように鳴く弾丸を両腕で抱いた
詩を納めたこの小塚はいずれ芝で覆われよう
君の沈黙を飲み干す地平の間違った色の下で

白い眼　Białe oczy

血液はいちばん長く生き
脈打ち空気に飢《かつ》え

凝固し透明は
脈の結び目を緩める

柱は晩に育ち
口は暁に黴びる

いよいよ近い
深まる蟀谷《こめかみ》の分
両の瞼《まぶた》を静める分

白い眼が明かりを灯すことはない
指の三角形は破れ
静寂から息が除かれた

母は叫ぶ
力の抜けた名を揺さぶる

紅の雲　Czerwona chmura

紅《くれない》の塵の雲が
あの火事を呼んだのだった——
地平線の西へ
町を沈めたのだ

破壊せねば
壁をもう一枚
煉瓦のコラールをもう一篇
眼と回想のあいだで
疼く傷に耐えるため

白いコーヒーとカサカサ呟く新聞から

死んだ空気の雨樋で鳴る雨と夜明けを
息吹きかけて取り出した
朝の労働者たち

鋼鉄のロープと
腫《は》れあがった沈黙で
彼らは掲揚する
瓦礫のない空間の旗を

紅の塵の雲が降る
砂漠の飛行

撤去された数々の階の高みに
窓枠のない窓が泛び上がった
最後の急な傾斜が
崩れ

煉瓦のコラールも落ちる時
もはや何も夢を破綻させはしない

かつて在った町についての
やがてできるはずの
今はない町についての夢を

銘

Napis

君が見ている僕の手は
花のように——君は言う——弱い

君が見ている僕の口は
世界と発音するには小さすぎる

——僕らは瞬間の小枝でブランコしている方がいい
風を飲んでいよう
そして僕らの眼が西に沈むようすを見ていよう
萎れゆく匂いがいちばん美しいし
廃墟のかたちは感覚を麻痺させてくれる

僕の中には思考する炎がある
火災のための帆のための風も

僕の手はせっかちだ
僕にはできる
空気を捏《こ》ねて
友の首を作ることが

僕はひとつの詩を反復する
できればそれをサンスクリットに訳したい
あるいはピラミッドに——

星の泉が涸れる時
僕らが夜を照らす
風が石に変わる時
僕らが空気を動かす

僕の父　Mój ojciec

僕の父はアナトル・フランスが大好きだった
そしてマケドニア一級を吸っていた
芳香の青い靄《もや》にくるまれて
細い唇の間で微笑みを味わっていた
そしてそんな遠い昔
本を手に身を屈めている父を見て
僕は言っていた――父はシンドバッドなのだ
僕らと居てつらい時もある――と

だから父はよく旅に出た**絨**毯に乗り
四つの風に乗り**僕**らは心配して地図帳を拡げ
父の後を追って走り回ったけれども

見失なったやがて父は帰宅し
匂いを脱ぎスリッパを履いた
またポケットで鍵がジャラジャラ
瓜二つの雫　重い雫のような日々と
時は過ぎるけれども何も変えず

ある時祝日に備えてレースのカーテンが外されると
父は窓ガラスを抜けて出てゆき戻ってこなかった
父が悔やんで眼をつむったか僕らの方に首《こうべ》を
めぐらさなかったか僕は知らない
一度だけ外国のグラビア雑誌で
僕は父の写真を目にした
父は総督になっていた
椰子の木立と自由主義のある島で

両大戦間期のポーランドで実際に流通していた紙巻用煙草の銘柄で「マケドニア特級」（Najprzedniejszy Macedoński）というものがあった。これに準じて「マケドニア一級」と訳した原語はPrzedni Macedoński だが、この通りの銘柄はなかったと思われる。トルコの名を冠した銘柄は特級、一級、二級もあるのに対してマケドニアの場合はこれしかないのがおもしろい。また一方、「一級」と訳した語「przedni」の本来の意味は「前方の」という意味なので、第一次世界大戦で連合軍が敷いたマケドニア戦線＝前線（Front macedoński）を想起させる。そんな言葉遊びでもあるだろうと思われる。

アポロンに　Do Apollina

1

全身を石の衣ずれに包まれ歩んでいた
月桂樹の影と輝きを投げかけ
彫像のように軽々と息をし
花のように歩んでいた
みずからの歌に聴き入り
沈黙の高さに琴をかかげ
水の流れのように白い瞳で

みずからの裡《うち》に沈められた
サンダルから
髪飾りのリボンまで
石の

僕はあなたの眼を信じた
あなたの指を捏造した
絃のない楽器を
掌《たなごころ》のない両手を

僕に返せ
若い名告《なの》りを
差し出した両手を
賛嘆の巨大な羽飾りをまとった
僕の首《こうべ》を
僕の希望を返せ

黙ったままの白い首《こうべ》よ

静寂——
罅《ひび》われた頸

静寂——
途切れた歌声

2

辛抱づよい潜水夫の僕は
青春の最初の日に触《ふ》れるつもりはない

いま引き揚げるのは
砕けた汐辛《しおから》いトルソーだけだ

夜な夜な夢に見るアポロンの
顔は戦死したペルシア人

詩の占いは間違いだらけだ
何もかもが違った

詩の火事とは違った
町の火事は別物だった
英雄たちは遠征から戻らなかった
英雄はいなかった
恥知らずが生き残った

若い頃に沈められた
石像を僕は探す

唯一残ったのは空しい台座――
形を探す掌《てのひら》の跡

初出は『ティゴドニク・ポフシェフネ』（Tygodnik powszechny）一九五一年第四〇号（一〇月七日付・通算三四二号）。『ティゴドニク・ポフシェフネ』はカトリック系メディアとはされるものの、無神論者も含めてリベラルな知識人が多く寄稿する、ポーランドで最も重要な週刊新聞の一つ。アダム・ステファン・サピェハ枢機卿が一九四五年に立ち上げた。発行地はクラクフだが、広く全国でまた国外でも読まれている。創刊当時から編集に携わり、一九九九年没するまでのほぼ全期間にわたって編集長を務めたイェジー・トゥローヴィチ（Jerzy Turowicz, 1912-99）とヘルベルトの親交は一九五〇年頃に始まり、両者の死まで続いた（ヘルベルトは一九九八年七月二八日に、トゥローヴィチはほぼ正確に半年後の一九九九年一月二七日に他界した）。「アポロンに」は『ティゴドニク・ポフシェフネ』第一面左欄最上部に印刷され、文字通りの巻頭を飾った。その下に続けて「青春の最初の日」で始まる無題詩、および「深き淵より」という詩も掲載されていたが、この二篇はヘルベルトのいかなる詩集にも再録されずに終わった。

アテナに　Do Ateny

梟《ふくろう》の闇を貫く
あなたの眼

青銅の兜を超える
あなたの智慧

矢のように軽い想いに
担がれ僕らは
光の門をくぐり走り込む
明るさから眩《まばゆ》さへ

失神しつつある肩に

担がれ僕らは
あなたに敬礼する
影の楯に身をあずけ

頭が胸に墜ちたら
僕らの髪に指うずめ
高々と持ち上げよ

鳥の裳《も》の下から
予期せぬ鋭い形を
つかのま顕《あら》わせ

あなたの真心が僕らにとどめ刺さんことを
残酷な慈悲が僕らを滅ぼさんことを

槍で開けられた
空《から》の軀《からだ》には

やわらかな輝きの
油を注げ
そして眼からは
瞼の鱗を剥げ
眼は見るがいい

祭司

Kaplan

死んだ宗教を崇める人々に

その祭司の神は
地上に降臨し

倒壊した神殿で
人間の顔を顕した

非力な祭司は
両手を挙げつつも
それで雨も飛蝗《ひこう》も豊作も落雷も
起こせぬことは知っている

――わたしは朽ちた章句を繰り返し

讃嘆の同じ呪文を
唱える

殉教へと伸びゆく頸を
嘲笑者の平べったい手が打つ

祭壇の前のわたしの聖なる踊りを
見るのは浮浪児の
仕草をする影だけ

――それでもわたしは
両眼両腕を上げる
歌声を上げる

そしてわたしは知っている
捧げる煙が冷たい天に昇りつつ
三つ編みを編むことを

首のない神のため

アルヒテクトゥーラ　Architektura

軽やかなアーチの上方――
石の眉の上方

壁面の
曇りなき額《ひたい》の上

人々の顔がジェラニウムにとって代わり
歓びにあふれて開かれた窓の数々に

夢見がちな遠近法のかたわら
とても厳密な矩形《くけい》のあるところ

面と面の交わる静かな野に
装飾で目醒めた流れのあるところ
動と不動　線と叫び　顫《ふる》える不安
単純な明るさがあるところ

あなたはそこにいる
architektura《アルヒテクトゥーラ》
空想と石の藝術よ

あなたはそこだ
軽やかなアーチの上方
溜息のように住みついた美よ

高さに蒼ざめた
壁面に

　　ガラスに涙ぐむ
　　窓に
自明の形の流刑者　僕は
あなたの動かぬ舞踏を鼓吹する

絃　Struna

鳥たちは自分の影を
巣に置いてゆく
だから君もランプや
楽器や本は置いて
空気の育つ
丘へ出かけよう
留守の星は僕が指で
教えてあげる

芝の下の深い場所には
愛情こまやかな根

あちこちに澄みきって湧く
雲のささやかな泉

僕らに歌えと
風が口を寄せる

僕らは額を顰《しか》めよう
言葉を発さずにいよう

雲には聖人と同じ
光輪がある

僕らには眼の代わりに
黒い小石がある

別れた後の傷は
良い思い出が癒す

屈めた背を伝ってあるいは
光が降りてくるかもしれない

まことにまことに汝らに告ぐ
われらと光の間《かん》に
ある深淵は
大きい

ワルシャワの墓地　Cmentarz warszawski

最後の景色の
その壁は
ない

家屋と墓に石灰
記憶に石灰

一斉射撃の最後の谺《こだま》を
かたどる石板と
穏やかなローマン体で刻む
簡潔な碑銘

生者たちの襲来を前に
死者たちは降りる
より深くより下方へ

夜間は遺恨の管の中で訴え
一滴また一滴と
注意深く外へ出る

少しでも燐寸《マッチ》が擦れれば
ふたたび燃える

地上には平穏
記憶に石板　石灰

生者たちの大通り《ブルヴァール》と
新世界の交わる角
誇らかに打ちつけるヒールの下

ほぐれやすい土の丘を乞う
地上からの微かなサインを乞う
者たちの墓場が膨らむ
もぐら塚のように

　最終連初めの二行「生者たちの大通りと／新世界の交わる角」は、実際ワルシャワにある目抜き通り、エルサレム大通り（Aleje Jerozolimskie）と新世界通り（Ulica Nowy Świat）の交差点を否が応でも連想させる。この交叉点は今でこそ大きなロンド（一九六一年完成）で、シャルル・ドゴール将軍ロンドという名前もあるが、この詩が書かれた頃にはロンドも名称もなかった。むしろこの交叉点で最も目立ち、他を圧して聳え立っていたのは一九五一年五月一日に落成した通称《党の家》（Dom Partii）つまり、ポーランド統一労働者党中央委員会の入った巨大なビルだった。いかにも社会主義建築らしいこのビルは今もある。

遺言　Testament

私は四元素に遺す
短い時間ながら私が自由に使えたものを

火には——思考を
火は旺《さか》んであれ

私があまりに愛し過ぎた地には
私の肉体　実らぬ種を

そして空気には言葉と両手を
それに郷愁つまり不要なものを

残るもの
水の滴《しずく》は
天地の間を
めぐるがいい

透き通った雨になれ
寒波の羊歯《しだ》　雪のひとひらになれ

決して天に達することなく
私の地の涙の谷へ向かって

澄んだ露となって律儀に帰りつづけ
固い土くれを粘り強く砕け

私はもうじき四元素に返す
短い時間ながら私が自由に使えたものを

——静けさの源に私は帰らない

アルデンヌの森　Las Ardeński

眠りを汲むようにして手を合わせよ
水ひと粒を掬《すく》う時にするように
そうすれば森が——緑の雲と
光の絃《げん》のような白樺の幹がやって来る
そして葉の多い忘れられた言語を
千の瞼が羽搏《はばた》かせるだろう
その時君は思い起こす
開門を待っていた白い朝を

君も知る通りこの土地を開《あ》ける鳥は
樹の中で眠っていて樹は土の中だ
だがここには新しい問いの泉が

足の下には悪い根っこの流れがある
だから見よ音楽の絃が
張られる木肌の模様を
沈黙するものを響かせようと
糸巻を捩《ね》じるリュート奏者

葉を掻き分けてみよ――野苺の茂みだ
葉の上の露　草の櫛
その向こうには黄色いイトトンボの羽
そして自分の妹を埋める一匹の蟻
ベラドンナの裏切りより高く
甘く熟しつつある野生の梨
だからこれ以上の褒美を待たずに
樹の下に坐せ

記憶を掬うようにして手を合わせよ
死者たちの名の乾ききった粒を掬うように

そしてまた森だ——炭化した雲
黒い光でしるしを付けられた額《ひたい》
動かぬ眼球の上で細く
固く閉じられた千の瞼
空気と一緒に圧《へ》し折られた樹木
空《から》のシェルターの裏切られた信

あの森はわれわれのものでも君たちのものでもある
死者たちはお伽話も一握りの薬草も
思い出という水も欲しがる
だから針葉の上かさかさという葉擦れの上
か弱い匂いの紡ぎ糸の上を影は案内する
それが曲がりくねった隘路《あいろ》であろうと
枝が引き止めようと気にせぬことだ
君はきっと見つけ出し開けてくれるだろう
われわれのアルデンヌの森を

第二次世界大戦末期の一九四四年十二月半ばから一ヶ月間、ベルギーとルクセンブルクにまたがるアルデンヌ高地で連合軍とドイツ軍が衝突した大きな戦いを、ポーランドでは一般にアルデンヌの戦いと言う。第二連最後の二行がそれまでの言葉とどういう関係にあるのか、実は私には読み取れていない。原文の「リュート奏者」は主格で、この二行はそのまま宙ぶらりんの体言となっている。

汎神論者の詩から　Wersety panteisty

私を滅ぼせ星よ
――詩人が言う――
距離の矢で私を射貫け

私を飲み干せ泉よ
――飲む男が言う――
私を底まで飲み干せ無に至るまで

私を引き渡せ善き眼よ
むさぼり食う風景に

肉体を護るはずだった言葉は

私のもとに深淵を連れてこい
星は額《ひたい》に根を下ろすだろう
泉は私の顔を人間ではないものに変えるだろう——

それから君は黙って目を醒ます
不動の掌の中で
事物の心臓部で

われわれは滅びないというバラード　Ballada o tym że nie giniemy

夜明けに出航しても
二度と戻らぬ者たちは
波の上にその跡を残していた——

石化した口のように美しい
貝殻がそのとき海底へ落ちてゆく

砂の多い道を歩いてゆき
屋根はもう見えていたのに
窓枠にたどり着かなかった者たちには——

空気の鐘の内側にシェルターがある

冷え切った部屋と二三冊の本
空のインク瓶と真白な便箋しか
みなしごにしない者たちは──

まことに完全には死ななかった

彼らの囁きは壁紙の叢《くさむら》を伝ってゆき
天井には平たい頭が住む

空気　水　石灰　土で
彼らの天国は作られた　風の天使が
掌《てのひら》で体をさすり
彼らは
この世界のあちこちの野に届けられるだろう

ミダス王の寓話　Przypowieść o królu Midasie

黄金の鹿もようやく森の
空き地でゆっくり眠れる

山の山羊も
石を枕にし

原牛も一角獣も栗鼠も
獰猛であれ柔和であれ
およそあらゆる獣が
さらにすべての鳥も

《ミダス王は狩りをしない》

王はシレノスを一人
捕らえることにした

三日間追い回し
遂に摑まえると
眉間を拳で
殴り尋ねた
――何が人間にとって最善か

シレノスは
嘶《いなな》き言った
――何ものでもないこと
――死ぬこと

ミダス王は宮殿に帰った
しかしワインで煮込んだ

賢いシレノスの心臓は口に合わなかった

王は歩き回り鬚《ひげ》を掻き
耄《むし》り古老たちに訊いた
——蟻は何日間生きるか
——犬はなぜ死ぬ前に遠吠えするのか
——すべての昔の動物と人間の
骨を積み上げてできる
山の高さはどれほどか

それから一人の人間を召し出した
赤い壺に黒い鶉《うずら》の羽で
婚礼の宴や行列や競走を
描くその男は
何のために影の生を定着するのかと
ミダス王に尋ねられて
答えた

——全速で駆ける馬の頸は
美しく
毬で遊ぶ少女らの衣《ころも》は
生きた水流に似て二度と還らぬものだからと

どうかあなたの側《そば》に坐らせてください
壺絵描きは頼んだ
死ぬほど真面目に
一粒の麦を大地に与えて
十の麦粒を収穫する者たち
サンダルや共和国を修繕する者たち
星や銀貨を数える者たち
詩を書く者たち落とした一本の詰め草を
砂から拾うために身を屈める者たち
そんな人間たちについて語り合いましょう

一緒に少々飲みましょう

少々哲学しましょう
そして血と幻でできた私たち
いっそ二人とも
晴れて自由になりましょう
お体裁の過酷な軽薄さから

ギリシアの壺の或る部分　Fragment wazy greckiej

前面に見えるのは
青年の立派な体軀《たいく》

胸に凭《もた》れる顎
折れ曲がった膝
枯れ枝のような腕

彼は眼を閉じた
エオスをも諦めようとしている

空中に刺さった彼女の指と
ほどけた髪と

衣《ころも》の輪郭が
作る三つの悲哀の輪

彼は眼を閉じた
銅の鎧を諦めようとしている

血と黒の毛で飾られた
美しい兜も
破れた楯も槍も

彼は眼を閉じた
世界を諦めようとしている

静かな空気の中にたれさがる葉
飛び立つ鳥たちの影がぶつかり顫《ふる》える枝
メムノンのまだ生きている髪の中に
ひそむ蟋蟀《こおろぎ》だけが告げる

説得力ある
生の讃歌

ためらうニケ　Nike która się waha

ためらいをみせるその瞬間のニケが
一番美しい
命令のように美しい右腕は
大気に支えられて静止し
両の翼だけが戦《そよ》ぐ

疎《まば》らな杜松《ねず》の灌木と岩だらけの
灰色の風景の中
灰色の道を
一筋の戦車の轍を追って
一人の若者が
やって来るのが見えたからだ

この若者はじきに死ぬ
その運命を乗せた秤の皿は
今まさに地面に向かって
堕ちようとしている

近寄って
その額に接吻したい
そうニケは強く思う

だが
甘美《かんび》な愛撫の味を
知らぬ若者が
それを知れば
戦のさなか逃散《ちょうさん》していった
他の者同様
逃げ出すのでは

そうニケはためらう
そして結局は
彫刻家たちが教えてくれた
ポーズのままでいようと思う
一瞬の衝動を羞じ入りながら

ニケは充分理解していた
明日の暁には
胸切り裂かれ
瞼を閉ざされ
こわばった舌下《ぜっか》に
一枚のほろ苦い祖国の銀貨《オボルス》を
あてがわれた少年が
発見されねばならないことを

ダイダロスとイカロス　Dedal i Ikar

ダイダロスが言う――

倅よ先にゆけそしてお前は飛んでおらず歩いているのだということを忘れるな
翼は単なる飾りでありお前が踏みしめるのは草の原
この暖かな微風《そよかぜ》は夏の蒸し暑い大地
そしてあの冷たい風は水の流れ
こうして天は樹々の葉と小動物に満ち満ちているのだ

イカロスは言う――

眼は二つの小石のように地上へとまっしぐらに戻り
肥えた土の畝《うね》を盛る農夫を

畝間で身をくねらせる虫を見ています
植物と土の関係を断ち切る悪い虫です

ダイダロスが言う――

倅よそれは違う**宇宙**はただの光であり
大地は影の鉢　見よここでは色彩が戯れ
海の上から塵がたちのぼり煙が天をめざし
最も高貴な原子の群れから今まさに虹が構成されるところだ

イカロスは言う――

父上こうして虚空を撃ちつづけることで腕は痛み
脚は痺《しび》れて棘や鋭い石を懐かしみます
父上が太陽を見つめるのと同じ仕方で見つめることが私にはできません
私の全身は大地の暗い光線の中に沈んでゆきます

破局の記述

イカロスはいま頭を下にして墜ちてゆく
彼が残した最後の映像は幼児のように小さな踵《かかと》の光景
それを貪欲な海が呑み込む
上方で父が叫び呼ぶ名は
頸にもまた頭部にも属さず
思い出だけのものに過ぎない

注釈

若い彼は翼が単なる比喩に過ぎないことを理解しなかった
わずかな蠟と羽と重力の法則の軽視では
何千尺という高みに肉体を停めおくことはできない
重い血液によって回転する我々の心臓が
空気によって満たされることにこそ事の本質はあるのだが
イカロスはそれを認めようとしなかった

皆で祈りましょう

第二詩集『ヘルメスと犬と星』*Hermes, pies i gwiazda*（一九五七年）から

第一詩集に引き続きチテルニク社から刊行された。印刷製本を終えたのが一九五七年六月であるから、前の詩集出版から僅か一年しかたっておらず、しかも総頁数一八〇、発行部数三一八五部、収録作品数一一〇――《詩 wiersz》四三篇、《散文詩 proza poetycka》六六篇――という、ほとんどの点で第一詩集『光の絃』初版の倍を超える規模の大きな個人詩集になった。収録作品数が増えたと同時に、一挙にかなりの数が並んだ散文形式の作品が目新しかった。

声　Głos

海へゆく
一つめの波が打ち上げてから
二つめまでの
あいだのその声を聞きに

けれども声はなく
あるのはただ水の老いた饒舌
汐辛い無
乾いて岩にはりついた
白い鳥の翼

森へゆく

葉を黒土のなかに
黒土を葉のなかに
さらさら移しつづける
巨大な水時計が
絶え間なく音をたて
昆虫たちの強大な顎が
大地の沈黙を食《は》む場所へ

野原へゆく
昆虫類のピンで固定された
緑や黄のプレートが
風の触れるたび鳴る場所へ

その声はどこか
大地のたゆまぬ独白が
一瞬黙る時
聞こえるはずの声は

あるのはただ流れる音
拍手　爆音

家に帰る
すると経験は
二者択一の姿をとる
あるいは世界が唖なのか
あるいは自分が聾なのか

だがもしかして
僕らどちらにとっても
障碍は宿命か

であれば僕らは
手を取り合い
進まねばならない

新しい地平に向かって
理解不能な泡立つ音を
絞り出す
引き攣《つ》った喉に向かって

アクエンアテン　Ankhenaton

碑銘

アクエンアテンの霊魂は、鳥の姿で、遠い旅を前に休息するため、額《ひたい》のふちにとまった。だが、地平線の方を見るかわりに、死者の顔を覗き込んだ。その顔は、神々の鏡のようだった。

復元の試み

何のために旅しなければならないの
――霊魂は思った――
吠えたてる神々の居所に向かって
こみいった問いをかき分けながら

何のために暗い廊下づたい
ざらつく掌から掌へと行かねばならないの
天秤や蛇やスカラべに向かって

ここに残ろう
頭の両脇で犬のように
平たく伏せる
耳の秘密を探ろう

柔和な瞼の舟が
くぼんだ蟀谷《こめかみ》に
流れ出ぬよう
押さえていよう

鼻孔に入り
大地の最後の匂いが

乾いてはりついた
所にたどりつき
その痕跡を拭いさろう

黙りこんで今にも
泣きだしそうに膨らむ
両の口角《こうかく》に
二つの巣を編んであげよう

アクエンアテンと亡霊を
仲良くさせるために
わたしは働こう
霊魂はそう言った

だがわれらは
アクエンアテンの石の頭を
膝に載せて支えるわれらは

感じとる
霊魂が嗅ぎまわるさまを
暴れまわるさまを
叫ぶさまを

ネフェルティティ　Nefertiti

霊魂はどうなったか
あれだけの数の恋のはてに
ああ最早それは
夜ごと明け方まで白い翼を
羽搏かせる巨大な鳥ではなく
死んだネフェルティティの
口から飛び立ったのは
蝶
色の着いた
息のような

蝶

最後のため息から
最も近い永遠までの
道の何と遠いこと

死んだネフェルティティの
頭上を蝶が飛び回り
彼女を絹の繭で
包みこむ

ネフェルティティ
蛹《さなぎ》よ
どれほど待てばいい
あなたが飛び立つまで
両の翼が搏《う》ち
一つの――昼

一つの――夜
あなたを運んでゆくまで
深淵のすべての門の上方へ
天のすべての断崖の上方へ

茨と薔薇　Ciernie i róże

炎のような白い
聖イグナチオ
薔薇の横を通りがかり
繁みに身を投げ
体を傷めた

傷口から噴き出すように
地面から迸り出た世界の美しさを
黒い僧衣の釣り鐘で
押し殺そうと願ったのだ

そして棘の揺り籠の

底に横たわり
彼は目にした
額から流れる血が
睫毛《まつげ》の上で薔薇の
形に固まるのを

茨を探す
盲目の手には
花弁がやさしく触れて
穴があいた

花々の嘲りの中
騙された聖人は泣いた

茨と薔薇
薔薇と茨
私たちが探すのは幸福だ

成熟　Dojrzałość

過ぎ去ったことは善い
やって来ることは善い
現在ですら
善い

肉体から編み上げた巣に
鳥が生きていた
翼で心臓を打った
わたしたちはその鳥を大抵は不安と
時には愛と呼んだ

毎晩のように

わたしたちは悔恨の激流まで出かけた
河の中に自分たちを見ることができた
頭のてっぺんから足の先まで

今や
鳥は雲の底へ墜落し
河は砂に沈没した

子どものように非力で
老人のように経験豊かな
わたしたちは要するに自由なのだ
つまり立ち去る準備はできている

夜になると好々爺がやって来て
人なつこい身ぶりで手招きする
――お爺さんの名前は――わたしたちは怯えて尋ねる
――セネカだ――古典学校《ギムナジウム》を出た者はそう言うし

ラテン語を知らぬ者が
私を呼ぶ時の名前は――死者だ

白い石　Biały kamień

眼を閉じるだけでいい――

私の足音が私から遠ざかる
鳴らない鐘のような空気がそれを吸いとる
そして私の声は　遠くで喚《わめ》く自分の声は
蒸気の塊りに凍りつく
喚く口の周囲に組んだ
両手がだらりと落ちる

盲目の動物　触覚は
奥へ
暗く湿った洞穴へと退く

残るのは肉体の匂い
燃えつづける蠟だ

その時私の中で育つのは
怖れでも愛でもなく
白い石だ

浮彫りの鏡に私たちを描く運命は
なるほどこうして実現されるのか
私に見えるのは凹んだ顔　膨らんだ胸と音のしない膝の貝殻
反り返った趾《あし》　一束《ひとたば》の乾いた指だ

大地の血液より深く
樹より生命に溢れる
白い石がある
冷淡な望月が

だが眼は再び叫ぶ
石は退き
心臓より下にまで沈んだ
砂粒に再び変わる

私たちは映像を呑みこみ空虚を満たす
声は空間と格闘し
耳　手　口は滝の下で震え
鼻孔の貝殻に入る船は
インドの香料を運び
空から眼まで届く虹が花開く

待っていてくれ白い石
眼を閉じるだけでいい

家具付きの部屋　Pokój umeblowany

この部屋にあるのは三つの旅行鞄
僕のものではないベッド
黴の生えた箪笥に鏡

ドアをあけると
備品は不動の姿勢をとり
なじみの匂いが僕を包む
汗と不眠とシーツ

壁に掛かる一枚の絵は
煙の羽根飾りを着けた
ヴェスヴィオ山だ

僕はヴェスヴィオを見たことがない
僕は活火山を信じない

もう一枚の絵は
オランダの室内だ

暗がりから
女の手が
壺を傾け
牛乳の細いおさげがゆっくり滴《したた》る
卓上にはナイフ　ナプキン
パン　魚　玉葱の芽

黄金の光に従い
三段のぼると

少し開いた扉から
庭の正方形が見える

木の葉は光を呼吸し
鳥たちが日の甘みを支える

偽物の世界は
パンのように温かく
林檎のように黄金

傷だらけの壁紙
よそよそしい家具
壁の鏡の角膜白斑
これが本物の室内だ

僕と三個の
鞄の部屋で

日は夢の泥濘《ぬかるみ》に
溶けてゆく

雨

Deszcz

僕の兄が
戦争から帰ってきた時
額には銀色の星があった
星の下は
深淵

それは榴散弾《りゅうさんだん》の弾丸で
Verdun《ヴェルダン》で当たったものだった
あるいはGrunwald《グルンヴァルト》でだったか
（兄は細かいことは憶えていなかった）

兄は色々な言語で

たくさん喋った
でもいちばん好きだったのは
歴史の言語だった

息が切れるまで
地面から死んだ戦友たちを抱き起していた
Roland《ロラン》を Feliksiak《フェリクシャク》を Hannibal《ハンニバル》を

兄は怒鳴っていた
これが最後の十字軍だと
カルタゴはじきに陥落すると
やがてむせび泣きながら打ち明けた
自分はナポレオンに嫌われていると

兄が蒼白くなってゆくのを
僕たちは見ていた

五感が兄を去ってゆき
兄はゆっくり記念碑と化していった

音楽的な耳《じ》殻《かく》には
石の森がはいり込んだ

そして顔の皮膚は
見えない乾いた
二つの眼の釦で
締められた

兄に残されたのは
触覚だけだった

何て話だ
兄は両手を使って語った
右手でロマンスを

左手で兵士の昔話を
僕の兄は町の外へ
連れて行かれた

今では毎年秋に帰って来る
痩せて無口で
家に入ろうとせず
僕に出て来いと窓ガラスを叩く

僕たちはあてもなく街を歩き
兄はありもしない
話を僕にして聞かせる
慟哭の盲目の指で
顔をさわりながら

初出は月刊文藝誌『作品』(Twórczość) 一九五七年第一号(一月)。『作品』(『創作』『創造』とも訳せる)は一九四五年から続く、ポーランドで最も古く定評もある文藝雑誌。ヘルベルトのこの詩が掲載された時点では詩人・小説家のヤロスワフ・イヴァシュキェーヴィチ(Jarosław Iwaszkiewicz, 1894-1980)が編集長だった。詩の題になっている雨という語は文中に現れないが、終りの方で「毎年秋に帰って来る」とあり、雨となった兄が帰って来るという連想を可能にする。同じ「秋」と言っても、十月中旬以降はむしろ晴天と結びつけられる標準的日本語の世界とは違い、ポーランド語(ヨーロッパ語全般か?)では雨天の連想が圧倒的に強い。ロランは中世の叙事詩『ロランの歌』でよく知られるフランク王国の騎士ロラン、ハンニバルはローマと闘ったカルタゴの将軍という古代の人物だが、フェリクシャクは無名のポーランド人で「兄」の実際の戦友という仮定だろう。そうした人名や戦場の地名もわざわざ原綴を出したのは、読者が調べる際の便を図ったもので他意はない。

私の町　Moje miasto

大海は底で形成する
塩の星を
空気は蒸留する
煌めく石を
不完全な記憶は創造する
町の地図を

街路の海星《ヒトデ》を
遠い広場の惑星を
緑色の庭の星雲を

破れた鳥打帽の移住者らは

資財の目減りを嘆き
底に穴があいた金庫は
貴重な石をこぼす

両親の家から小学校へ
歩いてゆく夢を見た
行き方は無論わかっている

左側にパシャンダの店
第三ギムナジウム　何軒かの本屋
ボデック爺さんの頭でさえ
窓の硝子越しに見える

私はカテドラルの方へ曲がりたいのに
景色が急に途切れる
道の先がない

とにかく先に行けない
袋小路じゃないことは
　わかっているのに

はかない記憶の大海が
映像の足下《あしもと》を洗う　崩す
最後に残るのは私がその
上に産み落とされた石だ

私は毎晩
はだしで立つ
私の町の
固く閉ざされた門の前で

初出は『新しいシグナル』（Nowe Sygnały）一九五七年第五号（二月三日）巻頭。一九五六～七年にヴロツワフ市で発行された週刊誌『新しいシグナル』は「雪どけ」の潮流に乗じて出発した反体制的な色彩の強い文学雑誌で、短命に終わった。ヘルベルトは自分が生まれた町ルヴフを何度か詩にしたが、これもその一つで、最初期の手稿では「ルヴフ」と題されていたのがやがてこの固有名詞は消された。戦争が終わっても、ソ連が瓦解してウクライナが独立しても、ヘルベルトは決してルヴフを訪れようとはしなかった。

カジミェシュ・パシャンダ（Kazimierz Paszanda）はコハノフスキェゴ通り（ul. Kochanowskiego）一番地に実在した金物屋の経営者のようだが、世に知られた人物ではない。ステファナ・バトレゴ通り（ul. Stefana Batorego）には書店が集まっていたようで、中でも古書店業や出版業で知られたユダヤ系ポーランド人のボデック一族（Bodekowie）はこの通りを中心に何軒もの書店を構えていた。彼らとその事業については色々と文献もあるが、「ボデック爺さん」がそのうちの誰かは特定できない。ステファナ・バトレゴ通り五番地には、オーストリア領ルヴフでポーランド語を講義言語とする学校としては最も古い、西洋古典を重視する人文系カリキュラムの「ステファン・バトーリ記念国立第三男子ギムナジウム」があった（現在は国立リヴィウ工科大学の一部）。これはヘルベルトが通った学校ではないが、「夢に一番よく出てくるのはバトレゴ通りだ」と、ヘルベルトはあるところで言っている。「カテドラル」は「ラテン・カテドラル」の通称で親しまれているローマ・カトリックの「処女マリア被昇天大聖堂」を指す。ヘルベルト家はルヴフ市内で何度も引っ越しをしているし、ズビグニェフが通った小学校も一つではない。だからどの家からどの小学校へ向かったかはわからないし、そもそも夢の中のことである。

この詩に足を止めた機会に、欧文を日本語に訳す人間を苦しめる最大の困難の一つについて記しておきたい。格好の具体例がここにあるからだ。第二連の原文は **rozgwiazdę ulic / planety dalekich placów / ogrodów zielone mgławice** という三行なのだが、語順や冠詞、（文法で言う）格の問題などは一切無視して、単純な英語に置き換えてみるとこうなる——

（一）starfish of streets
（二）planets of far squares
（三）green nebulae of gardens

つまり、地図を描くために上から俯瞰すれば、（一）たくさんの街路が町の中心から放射状に広がっている様子はまるでヒトデのようであり、（二）そこだけ屋根がないために白っぽく見える広場はあちこちに配置された惑星のようであり、（三）たくさんの庭園を覆うように繁る樹木が時には重なり、繋がり、緑色の星雲状にたなびいている光景がひろがるという、いたってわかりやすい修辞で構造も簡単なのだが、いかんせん日本語には単数と複数を峻別する形態も記号もないために、直訳すればこの通りわけがわからなくなる。

応答　Odpowiedź

やって来るのは足音を消す力をもつ
深い雪の中の夜だ　体を二つの闇の
ぬかるみに変える深い翳の中の夜だ
私たちはどんなに軽い思考の囁きも
息もひそめて伏せる

もしも狼に嗅ぎつけられなければ
胸元で速射の死が揺れる毛皮姿の
人間が私たちを探りあてなければ
跳び起きて走り出さねばならない
乾いた短い一斉射撃の喝采の中を
念願の向こう岸めざし

地球はどこも同じだと
智慧は諭す　人はどこでも
白い涙をながして泣き
母親は子供を抱いてあやし
月は昇り　私たちのために
白い家を建ててくれる

やって来るのは辛い現《うつつ》の後の夜だ
想像力が張り巡らす共同謀議には
パンの味とウォッカの軽みがある
それでもここに残るという選択は
棕櫚《しゅろ》を夢見る全ての眠りが認める

突如として眠りを破り登場する
ゴムと鉄でできた長身の三人が
姓名を調べ　恐怖を調べ

階段を下りろと命ずる
何一つ携えてはならない
見張りの憐れむ顔を除いては

ギリシアの　ローマの　中世の
インドの　エリザベス朝の　イタリアの
恐らくはまず何よりフランスの　そして
少々ヴァイマールとヴェルサイユの祖国
これだけの数ある私たちの祖国を
私たちは一つの地の一つの背に荷う

だがこれ以上小さくなり得ぬ数が
守るただ一つのそれはここにある
君が地面に踏みつけられる或いは
不敵な音で鳴るスコップで郷愁に
大きな穴が用意されるこの土地に

初出は週刊『ティゴドニク・ポフシェフネ』一九五六年第一号（一二月二五日）。初出時の題は単なる「応答」ではなく「応答53」だったが、詩集『ヘルメスと犬と星』に採録される時に「53」が削られた。この削除は、その後再版以降も続けられたので、作者の判断だったと考えられる。この詩がこの週刊新聞のこの号に掲載されたことは歴史的にも政治的にも意義深いことだった。一九五三年三月五日のヨシフ・スターリン死去に際して、『ティゴドニク・ポフシェフネ』はその追悼文掲載を求められたが拒絶したために、廃刊の憂き目を見ていたのが、三年後のこの年、スターリン批判や「ポズナンの六月」「ポーランドの十月」と呼ばれる一連の事件を経ての雪どけが実体化された結果、再びイェジー・トゥローヴィチを編集長として、クリスマスの日に復刊されたのだった。従ってこの時点では時局を反映する政治的な表現として「一九五三年の言論弾圧に対する応答」という意味を含めた題だったと考えられる。

ハンガリー人に　Węgrom

僕らは境界上で立ち尽す
僕らは両手を差し伸べる
大きな空気の紐を兄弟よ
君たちのために繋ごうと

途切れた叫びから
握り締めた拳から
鋳出《いだ》される危機に
押し黙った鐘と舌《ぜっ》

傷ついた石が求める
殺された水が求める

僕らは境界上で立ち尽す
僕らは境界上で立ち尽す

理性という名の
境界上で僕らは立ち尽す
そして火事に見入る
そして死に感歎する

（一九五六）

詩集『ヘルメスと犬と星』初版では検閲によって「ハンガリー人に」という題が削られて無題で、また末尾に付された1956という数字も削除された上での掲載となった。しかしその後の多くの版では題名も年号も復活していて、それが作者の意思だったはずなので、この訳詩集でもそれを踏襲する。ただし年号は括弧に入っていたわけではなく、本文から一行おいて斜字体で印刷されている。なお、この詩集ではこの作品で《詩》の部が終わり、次の「ヴァイオリン」(本書不掲載)から《散文詩》の部が始まる。このことについて、ヘルベルトは後に(一九八四年)彼の詩の英訳者たちボグダナ&ジョン・カーペンター夫妻(Bogdana & John Carpenter)とのインタヴューで、スターリン時代に「私が犯した唯一の妥協は、《ハンガリー人に》を無題で印刷することに同意したことでしたね」と語っている。「一九五六年ハンガリー革命」を日本では「ハンガリー動乱」と呼ぶが、はたして「動乱」がふさわしい言葉だろうか。「動乱」は誰の眼で見て形容する状況か。この時ポーランド人が行ったハンガリー人支援はアメリカを含めた各国からの支援の中でも最大だったという。

第二連最終行で「鐘と舌《ぜつ》」と訳したのは原文では第三行にある「dzwon i serce」のこと。鐘の中にぶら下がる錘のようなものをポーランド語では「心(臓)」と言い、日本語では「舌《ぜつ》」と言う。

蜂　Osa

花柄のテーブルクロスと蜂蜜と果物が一瞬にして刈りとられると、蜂は急いで離陸した。噎《む》せるようなレースのカーテンの煙に巻かれ、蜂は長いこと羽音を立てていたが、何とか窓にたどり着く。そして弱りゆく体を何度も何度も窓ガラスの固化した冷たい空気に打ちつける。我々を我々が渇望する世界に運んでくれる風を目ざめさせる力が肉体の不安にはある、そんな同じ信心が、翼の最後の踠《もが》きにも眠っていた。

愛する女性の窓の下に立っていた君たち、自分の幸福をショウウィンドウに見た君たち――この死から毒針を抜き去ることが君たちにできるか？

原題の「Osa」（*Vespula vulgaris*）はポーランド語でも他の欧米語でも極めて一般的な概念だが日本語に該当する語がない。ただごく大雑把に言えば、日本語でよく使われる「スズメバチ」に近い。

地下廟　Krypta

　さらに、貴女と必然との和解が明らかになるよう、聖画の位置を直してあげてもいいし、「最愛の人に」という銘が涙の泉となるよう、飾り帯《サッシュ》の見え具合を工夫することもできる。けれど、貴女の半開きの口に這入りこんでは、助かった魂の切れ端を運び出そうとするこの蠅は、この黒い蠅は一体どうしたらいいい？

ホテル　Hotel

絨毯は柔らかすぎる。ホールの椰子の木も信頼が置けない。支配人は私たちの顔をじっと見つめ、掌で旅券をひらひらさせている。「眼の下の隈がひどい、眼の下の隈がひどい。私はスミルナの商人を一人知っているが、やっぱり前歯が一本差し歯だった。今日日《きょうび》はよっぽど気をつけないと――密告者と蠍《さそり》はどこにでもいるから」

エレベーターで僕らは鏡と向かい合ったが、早くも最初の取っ組み合いで、顔のあたりに銀色の黴が現れた。

七人の天使　Siedmiu aniołów

毎朝、七人の天使がやって来る。ノックもせずに入ってくる。そのうちの一人が性急な動作で僕の心臓を取り出す。そして口にあてがう。他の天使も同じことをする。すると彼らの翼が枯れ、顔は銀色から紫色に変わる。彼らはどすどすと重たげに木靴を踏み鳴らしながら去るのだが、心臓は空になった鍋のように椅子の上に置きっぱなしだ。あくる朝も、天使たちが銀色のまま、翼を広げたままで帰ることがないようにするには、一日がかりでそれを満たさなければならない。

壁　Mur

私たちは壁の下に立つ。死刑囚のシャツのように青春は脱がされた。私たちは待つ。でっぷりした弾《たま》が項《うなじ》に止まって重荷になるまで十年、二十年は経つ。壁は高く強固だ。壁の向こうに樹が一本、星が一つある。樹は根で壁を持ち上げる。星は鼠のように石を齧《かじ》る。百年、二百年後にはもう小窓があくだろう。

ハープ　Harfa

低い水面。水中には金色の平たい光。銀色の葦の中、一本だけ生き残った円柱を、風の指が抱く。

黒髪の少女がハープを抱く。その大きなエジプト風の片眼が絃のあいだを悲しい魚のように泳ぐ。その後をかなり離れて小さな指たちが。

古典主義者　Klasyk

大きな木製の耳は綿とキケロの退屈な話で塞がれている。偉大な名文家――と誰もが言う。あんなに長いセンテンスは今どき誰も書かない。しかも何たる博識。石をも解読する力がある。ただ、ディオクレティアヌスの浴場の大理石に走る静脈が石切り場の奴隷たちの破裂した血管であることには決して思い至らないだろう。

このように「血管」と書くと身も蓋もない。血管を意味するblood vessel（血の船／器）という英語でもすでに日本語と感じが違うが、ポーランド語ではさらに「血を運ぶ器naczynie krwionośne」と描写的で、「奴隷が血を運ぶ」「亀裂が走る器」とイメージが重層化する。

画家　Malarz

四囲の白い壁の下には、白樺林のように、絵が羊歯状に繁茂している。溶剤と油の匂いの中、ミロンは、緑の掛布《ドレイプ》との共生を強いられた檸檬《れもん》の悲劇を再現している。ここには他にも一枚の裸婦像がある。

――僕の婚約者だ――ミロンは言う。――占領中、モデルをしてくれた。パンも石炭もない冬だった。彼女の白い肌の下には血が集まって紫色の血斑《けっぱん》ができていた。当時は僕も暖かいピンクで背景を塗った。

ヘルメスと犬と星　Hermes, pies i gwiazda

ヘルメスが世界をゆく。犬に出逢う。

「私は神です」——ヘルメスは礼儀正しく身分を明かす。

「私は淋しい。人々は神々を裏切る。無意識で命に限りある動物たち、それこそ私たちの求めるもの。ひねもす徘徊した後《のち》は、楢《なら》の木蔭に腰を下ろそう。そうしてから君に言おう、私は老いを感じる、私は死にたい、と。君に私の手を舐めてもらうためには、その嘘が必要なのだ」

「そうだな」——犬はぞんざいに応じる——「手を舐めてやろう。つめたく、妙な匂いのするその手を」

二人は歩き、歩く。二人は星に出逢う。

「私はヘルメスだ」——神は言う——そして自分の顔の中でもいちばん美しい顔を取り出す——「私たちと一緒に世界の果てまで行く気はないだろうか？　そこが凄まじい場所であるよう、そして貴女が私の肩に頭をあずけざるを得なくなるよう、私は努めよう」

「いいわ」――ガラスの声で星は言う――「自分がどこへ行こうと、どうでもいい。それに世界の果てなんて子供じみた考え。気の毒だけど、世界の果てはないので」

三人は歩く。歩く。犬とヘルメスと星。手に手をとって。もしもう一度、友を求めて旅に出たとしたら、これほど正直にはなれないだろうと、ヘルメスは思う。

象　Słoń

象は本当はとても感じやすく神経質だ。彼らは、時として自分の外見を忘れることを許すほど豊かな想像力の持ち主だ。彼らは、水に入る時、眼をつむる。自分の脚を見て焦燥に陥り、泣くこともある。

私自身、ハチドリに恋した象を知っている。痩せはじめ、眠れなくなり、ついには心臓を病んで死んだ。象の本性を知らない人々は言った——肥りすぎだった、と。

静物　Martwa natura

暴力的に生命から切り離されたこれらの形態は、巧妙な無造作さで食卓の上に放り出されている——一匹の魚、一個の林檎、花と一緒くたになった一摑みの野菜。そこに加えられた光の枯葉一枚と頭を血に染めた小鳥一羽。その鳥が石化した鉤爪《かぎづめ》で強く締めつけているのは、奪われた空気と虚無で構成される小さな惑星だ。

「静物」はポーランド語で **martwa natura** と言い、直訳すれば「死んだ自然」であり、イタリア語の **natura morta**、フランス語の **nature morte** に該当する。

若いクジラの葬式　Pogrzeb młodego wieloryba

肉づきのよい臀部とアイロニカルな眼をもつ海の馬たち、オレンジ色のケープをまとった馬たちが霊柩車を――黒い砂糖壺を牽《ひ》いてゆく。道々、黒地に大きなスエードの真珠を縫い付けた上靴《うわぐつ》をぽろぽろこぼしながら。

左右に雨裂《うれつ》谷を従える並木道を一滴また一滴と滲《し》み出る無量の水がせせらぐ只中、星状・沙状、沙状・星状の沙状の数え切れぬほどの無限の只中、彼は運ばれる。

太陽が空気を小さなリボンに結んでゆく。彼が飛んでゆかぬよう、蝶たちが見張る。霊柩車の入り江から彼が漂い出ぬよう、連なる花綵《はなづな》がとどめる。

キチン質ではあっても存在の問題に敏感な、海のキリギリスたちは泣く――いったい誰に迷惑をかけたろう、彼が優しい心根で軍艦たちを馬鹿にしたからと言って、大気喇叭《トルネード》の声を好み、土左衛門を箱一杯に集めて鉛の人形のように遊んでいたからと言って。それで誰に迷惑をかけたろう？

レモン色の光あふれる広大な空き地を突っ切り、彼は運ばれてゆく、密封されていない景色のように白い酸素がしゅうしゅう音を立てて逃れゆく平らな空間を突っ切って。

そしてようやく鐘たちの到着だ。高所に織機が組み立てられる。織り上げられる翳の多いカヴァーは、葬列全体、死者の肉体、悲しみの欠片《かけら》さえも被うためのもの。

そのカヴァーに私は長詩の冒頭を投じよう――

おお、甘美な肉の薔薇色の山よ――さらばだ
おお、大海のガラスの枝から
あまりに早く摘まれたメロンよ――

イピゲネイアの供儀《くぎ》　Ofiarowanie Ifigenii

焚火に最も近いのはアガメムノンである。頭からマントを被ってはいるが、眼は閉じていない。娘を髪留めのピンのように溶かすであろう閃光は、織物を通しても見えるはずだという判断である。

ヒッピアスは兵士らの最前列に立っている。イピゲネイアが髪に花を挿し、道行く見知らぬ男に口説かれるような隙を与えたと言って彼が怒りを爆発させた時と同様、彼女の嗚《お》咽《えつ》に歪む小さな口元だけを見ている。一度また一度、ヒッピアスの姿が不釣り合いに大きく引き伸ばされ、イピゲネイアの小さな口元が天から地までの壮大な空間を占める。

霞み眼を患うカルカスには、あらゆるものがぼんやりとした虫の光の下でしか見えない。彼の心を真に動かす唯一の事柄は、湾内に碇泊する艦隊のだらりと垂れた帆なのだが、そのせいで、老いの悲しみは、今この瞬間、彼には耐えがたく感じられる。ゆえに彼は片手を挙げて、供儀を始めるよう合図する。

脇に配置された合唱隊《コロス》は、世界を正しいプロポーションに従って捉えている。焚火、白い神官たち、紫衣《しえ》の王たちそれぞれが煌めく小ぶりな叢《くさむら》、けたたましい銅《あかがね》に兵士らの兜の細密な火災。これらすべての背景にぎらぎらした砂、海の際限ない色彩。適切な遠近法《パースペクティヴ》の助力が得られれば、じつに見事な光景だ。

自殺者　Samobójca

何とも芝居がかっていた。下襟《ラペル》のボタンホールに花を挿した黒い背広姿で、彼は鏡の前に立った。道具を口に銜《くわ》え、銃口が温まるまで待ち、ぼんやり自分の姿に微笑みかけ――撃った。

両肩を抜いたコートのように彼は落ちたが、魂はまだしばらく立っていた、いよいよ軽い、いよいよ軽い頭を揺さぶりながら。やがて上部が血に染まる肉体の中へ、ためらいつつ入っていった。肉体の温度と物体の温度が等しくなる瞬間を見計らってのことだったが、それは――周知のように――長命を予言するものだ。

均衡　Równowaga

それは鳥と言うより、寄生生物によって食されつつあった鳥の哀れな残骸と言うべきものだった。羽は落ち、苦痛と嫌悪に粟立ち戦《おのの》く紫色の皮膚を覗かせるそれは、蠢《うごめ》きつつびっしり体を覆おうとする白い虫を嘴でつつきながら、まだ防戦をやめていなかった。

私はそれをハンカチにくるみ、知り合いの生物学者のもとへ持っていった。彼はしばらく観察してから、言った――

まったく問題ないね。この鳥にとりついている虫たちのさらに内部には目に見えぬ寄生生物たちがいて、後者の細胞の中ではきっと新陳代謝のプロセスが活発化しているに違いない。従ってこれは、全体の均衡を決定する、互いに敵対的な相互依存性の、無限の階梯を有する閉じた系の古典的な一例だということになる。見かけとは裏腹に、今われわれが目にしているのは、生命の紅潮した果実、あるいはお望みならば深紅《しんく》の薔薇だね。

呼吸と窒息の目の詰んだこの織物がいかなる場所でも破れることがないように心を配らねばならない。と言うのも、もし綻《ほころ》びたなら、死よりも遥かに悪い、命よりもさらに怖ろしいものを私たちは目にすることになるからだ。

日本のお伽噺　Bajka japońska

王女イジャナキはドラゴンに追いかけられていました。ドラゴンの足は四本が紫色で、もう四本が金色です。王子イタナギは、樹の下で眠っていて、イジャナキの小さな足がどんなに危険な目に遭っているのか知りません。

そうするうちにドラゴンはいよいよ迫ってきます。イジャナキを海に追い詰めました。ドラゴンのどの眼にも、九つの黒い雷《いかづち》が宿っています。王子イタナギは眠っています。

王女は自分の背後に一本の櫛を投げました。すると十七人の騎士が現れて、血みどろの戦いが始まりました。騎士たちは一人、また一人と斃《たお》れてゆきます。彼らはイジャナキの黒髪の中であまりに長い時間を過ごしたために、すっかり女々しくなっていたのです。

王子イタナギは海辺でその櫛を見つけました。彼はその櫛のために大理石の墓を建てました。櫛のために建てられた墓など、誰か見たことがあるでしょうか？　私は見たのです。

それは木と仔馬の日にあった出来事です。

ロシアのお伽噺　Bajka ruska

おとっつぁんツァーリ、すっかり年をとりました。自分の手で鳩の首ひとつ絞めることもできません。金色に光り輝く冷たいツァーリ、玉座に坐りきり。ただお鬚《ひげ》だけが床《ゆか》まで、床よりもっと下まで伸びてゆきました。

そのあいだ治めていたのは別の誰かでしたが、それが誰かはわかりません。知りたがりの民衆が窓から宮殿の中を覗き込みましたが、クリヴォノソフが窓という窓を絞首台で覆ってしまいました。ですから、何かしら目にしたのは、吊るされた者だけです。

おとっつぁんツァーリ、とうとう亡くなり、二度と還らぬ人となりました。いっせいに鐘が鳴りましたが、ご遺体は運び出されませんでした。ツァーリは玉座に根を張りました。玉座の脚はツァーリの脚と混ざり合いました。手は肘掛けに喰い込みました。もはや引き離すことはできません。金の玉座と一緒にツァーリを埋める？——もったいない。

ロシア語も含めて少なくとも二四ヶ国語以上の言語に訳されている。ヘルベルトの詩でもよく翻訳されている作品。クリヴォノソフは人名だが、「鼻曲がり」という言葉を連想させる。

第三詩集『**物体の観察**』*Studium przedmiotu*（一九六一）から

この詩集の題は翻訳が難しい。チェスワフ・ミウォシュの『ポーランド文学史』を日本語に訳して出版した（未知谷二〇〇六年）際には『対象の研究』としたが、無論これも誤りではない。実のところ przedmiot は対象でも物体でもいいし、studium は研究でも観察でも構わない。出版社はやはりチテルニクで、初版部数は一七五〇、ノンブルのある頁は八三で、印刷製本が完了したのは一九六一年七月だった。収録作品は五一篇。

想像力という名の小箱

Pudełko zwane wyobraźnią

この積み木のどこかをノックしてごらん――
楢でできたブロックから
カッコウが
飛び出てくるよ

木を呼び出してくれるよ
一本また一本
しまいには
森になるまで

そっと口笛を吹いてごらん――
すると河が走り出すよ

山と谷を結ぶ
強い糸が
意味ありげに咳ばらいしてごらん――
ほら町だ
塔がひとつ
ぎざぎざの城壁
さいころのような
黄色い家が並んでいる

今度は
眼をつむって
雪が降って
消すよ
木立ちの緑色の炎も
赤い色の塔も

雪の下は

夜だ
てっぺんにきらきら輝く時計
風景のフクロウがいる

この詩は、実は第二詩集ですでに発表されていたものだが、ヘルベルト自身の希望で、この詩集『物体の観察』の巻頭に再掲されたので、本書でもここに掲載する。原書でもこの順に並んだ「想像力という名の小箱」「木製の鳥」「書くこと」は、期せずして本書でも三篇すべて収録することになったが、いずれも詩を書くことをテーマとしている。

木製の鳥　Ptak z drzewa

子供たちの
熱い手の中で
木製の鳥は
生きはじめた

樹脂製の羽の下
小さな心臓があふれ出た

描かれた翼が
ぴくりとした

乾いた体は

森に焦がれた

バラッドの中の
兵士のように
歩いていった
足の枹《ばち》を打ち鳴らし
右足で――森《シン》
左足で――森《シン》
夢見た
緑の光を
巣の閉じた眼を
底に

森の際《きわ》で
キツツキたちに両眼をつつき落とされた
まっすぐな嘴《くちばし》の拷問のせいで
小さな心臓は黝《くろ》ずんだ

なおも歩いていった
毒キノコたちに体あたりされ
コウライウグイスたちに嘲られ
死んだ木の葉が積もった底に
巣をさがした

いま彼が生きるのは
息吹き込まれた物質と
架空の物質の間
森の羊歯《しだ》と
ラルースの羊歯の間
にある不可能な境界
乾き切った小枝の上
一本足で
風の毛の上で
現実から引き離されたものの上
けれど充分な心なく

充分な力なく
画像と化す
こともなく

詩集の表題が示唆する主題にも近く、ヘルベルトらしい味わいの佳作だが、外国語への翻訳は少ない（英語、チェコ語、ギリシア語、オランダ語、スウェーデン語、中国語どまりか）。木で出来た鳥を描きながら、そもそも詩というもの自体が物質と非物質の間の「不可能な境界」で生きるとでも暗示しているようだ。

「ラルース」は有名な百科事典。

書くこと　Pisanie

机を取り押さえようと
椅子に跨《また》がり
太陽を止めようとして
指を上げ
顔から皮膚を
肩から家を取り除き
鵞鳥の羽
自前の喩を
是非なく装着されて
僕は空中に歯喰い込ませ
創造しようと試みる
新しい

一個の母音を——

机上の砂漠には
紙の花
四面の壁が作るフロックコートは
小さな空間の釦一個で閉じる
おしまい　おしまい
不成功に終わった
昇天

もうしばらく
ペンと紙が小競り合いをするうちに
意地悪くも黄色い空《そら》から
したたり落ちる
一条の
砂

最終行の「砂」は、かつてインクを吸い取るために用いられた細かい砂を連想させる。その場合は書かれたものが定着されることになるが、白ではなく黄色になることが意地悪いのか。原文では「意地悪く」が「黄色い」のみにかかり、「したたり落ちる」を修飾しているわけではないのだが、私の日本語訳ではそれがうまく反映できない。

アポロンとマルシュアス　Apollo i Marsjasz

アポロンとマルシュアスの
本当の果し合いは
(絶対音感　対
広大な音域)
暮れ方に行なわれる
審判たちが
神の勝利を認めたことは
すでに知られた時刻に

しっかりと樹に縛りつけられ
くまなく皮膚を剥がれた
マルシュアスは

叫ぶ
叫びが彼の
高い耳に届くまで
その叫びの陰で休息する

嫌悪の戦慄に身を震わせながら
アポロンは自分の楽器を手入れする

A《アー》
の母音ひとつで構成された
マルシュアスの声が
単調なのは
見かけだけだ

本当に
マルシュアスが
物語るのは

その肉体の
測り知れぬ豊かさだ

肝臓の禿げ山
消化管の白く連なる谷
戦《そよ》ぐ肺の林
筋肉の愛らしい丘陵帯
池沼　胆汁　血液そして鳥肌
記憶の塩の上をわたる
冬の骨の凪

嫌悪の戦慄に身を震わせながら
アポロンは自分の楽器を手入れする

今度は合唱に
マルシュアスの脊柱が加わる
基本的には同じA《アー》だが

錆が加わり深みを増している
こうなるともはや合成樹脂の
神経をもつ神も我慢の限界である

柘植《つげ》の並木の
砂利道を
勝者は去ってゆく
マルシュアスの遠吠えから
具体——言わば——藝術の
新しい流れが
生まれはしないか
と案じながら

と突然足下に
石と化したナイチンゲールが
墜ちてきた

首《こうべ》をめぐらし
見ると
マルシュアスが縛りつけられていた樹が
白髪である

完全に

最後の望み　Ostatnia prośba

彼女はもう頭を動かすこともできなかった
僕に身を屈めるよう促した
――ここに二百ズウォティあるから
残りは足して
《グレゴリウスのミサ》を頼んで

葡萄も
望まず
モルフィネも
望まず
貧しい人々を喜ばせることも
望まず

彼女は《ミサ》を望んだ

その通りになった

僕らは猛暑の中ひざまずく
番号の付いた長いベンチで
兄はハンカチで額を拭き
姉は九日祈禱《ノヴェナ》文で煽《あお》ぎ
僕はくりかえす
我等が人に赦す如く
それから先は忘れるので
また初めからやり直す

灯された七本の百合の
通りを散歩する
神父
唸るオルガン

どうやら開けてくれそうだ
そうすれば風が入る

違った
どこも閉まったままだ

蠟燭の幹を
蠟が滴り落ちる
僕は思う
あの蠟はどうするのだろう
新しい蠟燭用に集めるのか
それとも捨てるのか

もしかすると
あの神父
僕らのかわりに
僕らにできないことをしてくれるだろうか

ほんの少しでいいから宙に浮きはしないか

ベルが鳴らされ
黒の胴体
銀の翼の
彼は
一番下の二段を登る
そして辷《すべ》り落ちる
蠅のように

僕らは猛暑の中ひざまずく
番号の付いた長いベンチで
汗の糸で
地面に固定されたまま

ようやく終わりだ
僕らは足早に外へ出る

すると敷居を越えてすぐに
深々とした呼吸の
射禱《しゃとう》が相次ぐ

カトリック教会の儀式や因襲に批判的な一人称の口調で語られている。「グレゴリウスのミサ」は、いまだ煉獄つまり浄罪界にある死者の魂を浄めるために、三〇日間連続で執り行うミサ聖祭のこと。ズウォティはポーランドの通貨単位。ポーランド社会保険庁（ZUS）の統計によれば、一九五六年の平均給与は一一一八ズウォティだった。「九日祈禱文《ノヴェナ》」はここでは祈禱の文言を印刷した薄い冊子のこと。

フォーティンブラスの挽歌

Tren Fortynbrasa

M・Cのために

ようやく二人きりになったのだから　王子よ　男同士の話をしよう
とはいえ階段に倒れたままの君には死んだ蟻の眼に映るほどのものしか
つまりコロナの乱れた黒い太陽のほかには何も見えないだろうが
思い浮かべるだけでいつも微笑を誘《さそ》った君の両の手のひらは
叩き落とされた鳥の巣のように石の床に置かれた今も
以前と変わらず無防備だ結末とは正にこうしたもの
右腕　左腕　剣　首　柔らかな短靴を履いた
騎士の脚――すべてがばらばらだ

君は兵士ではなかったが兵士としての葬儀に付されることになる
それは私に多少なりとも心得のある唯一の儀式だ
聖燭ならぬ導火線に聖歌ならぬ砲声

舗道を曳行される黒喪布鉄兜有鋲軍靴騎馬砲兵隊小太鼓タタタタ確かに少しも美しくはな
いが
それは権力を掌握する前の私の軍事パレードなのだ
町の首根っこを押さえつけ少々揺さぶっておく必要があるのだ

どのみち君は死ぬ外なかった　ハムレットよ　生きることには向いていなかった
人間の粘土ではなく水晶のような観念を君は信じた
のべつまくなしひきつけを起こしながら生きて夢の中のようにキマイラを追いかけた
空気をむさぼり噛みしめてはすぐに嘔吐した
人間的なことの何一つできぬ君はろくに呼吸さえできなかった

ようやく一休みだな　ハムレットよ　為すべきことを為した君の
安息の時だあとは沈黙ではなく私の出番だ
どちらかといえば易《やさ》しい役回り見栄えのする剣の一撃を君は選んだが
冷ややかな黄金の宝珠を手に玉座の高みから
蟻の群れと時計の文字盤を眺めながら続ける不眠不休の
監視に比べるならば英雄的な死など何ほどのことか

さらばだ　王子よ　仕事が私を待っている
下水道の設計に娼婦及び乞食の対策に関する勅令
監獄制度の改善案も練らねばならない
御明察の通りデンマークは監獄だからだ
往《い》って自分の用事を片付けるとしよう**今**宵ハムレット星が
生まれよう**我**々は二度と会うこともないだろう
私の死後のことは悲劇の題材にもなるまい

我々は会うことも別れることもなく群島に生きてゆく
この水これらの言葉に一体何ができよう一体何が　王子よ

初出は週刊誌『ポ・プロストゥ』（Po prostu）一九五七年第一二号（三月二三日）。少なくとも二七以上の言語に訳されている作品。献呈された相手のM・Cは、語順が普通とは逆なので（検閲官を欺くためと言われている）誤解を招くこともあったが、実は詩人・作家のチェスワフ・ミウォシュ（Czesław Miłosz, 1911-2004）だった。一九五八年の夏、初めてパリに出てカルチェ・ラタンに滞在していたヘルベルトは、パリの南三〇キロほどの町モンジュロンに住んでいたミウォシュ夫妻を訪ねた。その後しばらくして、七月一八日、詩のタイプ原稿をミウォシュに郵送するのだが、その時の手紙はこう結ばれている――「とはいえ、どうか《フォーティンブラスの挽歌》はお納めを。つまり、私はこの原稿のみならず、神聖なる受胎の瞬間をも大兄に贈呈する次第です」（傍点を付した箇所は原文でも強調されている）。まだ互いにファーストネームで呼び合えない、つきあいもごく初期の時代だった。

シェイクスピアの戯曲『ハムレット』では、ハムレットがデンマークの王子であるのに対して、フォーティンブラスはノルウェイの王子であり、父親のノルウェイ王をハムレットに殺された者として登場する。ノルウェイとデンマークが同君連合を形成していた時代の話だ。あまりにも有名なこの戯曲を背景として利用し、一人称のポーランド語で、フォーティンブラスの声として書かれ、ヘルベルトからミウォシュに献呈された一種の書簡のようにも見えるこの作品については、すでに膨大なテクストが書かれている。というのも二人の詩人とその関係は、文学的評価、文化史上の位置づけにとどまらず、たえず政治や倫理をめぐる論争の的になってきたからだ。二〇二四年の現在でも、二人の名前は、ポーランドの知識人の信条を二分、三分する立場もしくは「党派性」を象徴しかねないものであり続けている。

原文には例によって句読点が一つもないが、かなり散文的で一行も長い。一六箇所に現れる大文字でセンテンスの始まりも示されているのは異例だ。この訳はだいぶん以前のものなのだが（二〇年前？）、昔の訳をほぼそのまま掲載する。なお、「宝珠」と訳した原語は林檎という意味の jabłko だが、小さな十字架が上に乗った球体で、王権を象徴するもの。

まずは犬が　Naprzód pies

というわけでまずは一匹の善良な犬が出発する
それから豚もしくは驢馬が
黒い草原に分け入り一条《ひとすじ》の径《みち》を踏み固める
その道を最初の人間が疾走するだろう
ガラスの額《ひたい》の上で怖れの雫を
鉄の手で圧《お》し潰しながら

というわけでまずは一度として私たちを
見棄てたことのない気立てのいい駄犬が
地上の灯台と骨を夢に見ながら
自分の渦巻く犬小屋で眠りにつくだろう
温かい血は沸騰し——乾くだろう

そしてリードに繋がれた私たちを導く
二番目の犬に従い私たちもその後を追う
宇宙飛行士の白い杖を手に不器用に
星を小突きまわる私たちは
何も見えず何も聞こえぬ私たちは
暗いエーテルめがけ拳を振りかざす
すべての波の上にひいひいと犬の声

暗い世界の壊疽《えそ》を抜けてゆく
旅に持って行けるものはすべて
人間の名も林檎の匂いも
音の堅果《けんか》も四半分《クウォーター》の色も
帰還するためには携行しなければならない
一刻も早く道を探し出すため
導く盲目の犬が地球に向かって
月に吠えるように吠える時

初出はオルシュティン市の日刊新聞『オルシュティンの声』（Głos Olsztyński）の付録として週一回発行された「青年の声」（Głos Młodych）一九五七年一一号。一九五七年一一月三日、ソ連は宇宙船スプートニク2号を打ち上げ、（ライカと通称される）犬を乗せた初めての軌道飛行を試みた。そのニュースに接してヘルベルトがこの詩を書いた時点では、犬が数日間生きていたという報道がなされていたはずで、実際には打ち上げから数時間で船内の高温とストレスで死んだという事実が明かされたのは二〇〇二年だった。死因も酸欠とされていたようで、当時のヘルベルトが本当の死因を知る由もなかった。それを考えると、第二連の最後で「温かい血は沸騰し——乾くだろう」という表現には慄然とさせるものがある。そもそも詩の全体に社会主義が切り拓く明るい未来を称える昂揚感、ソヴィエト連邦の偉業であるはずの宇宙開発に対する感歎はなく、むしろ否定的で暗澹たるヴィジョンになっている。定めて検閲官はまともに理解できずに放置したものだろう。ヘルベルトの詩は多くが検閲官や編集者が理解不能として放置したと私は考えているが、これもその一例ではないだろうか。

星の父たち　Ojcowie gwiazdy

時計は普通に動いていたので彼らはただ待っていた
雪崩効果をそしてその後はエーテルの紙に描かれた
曲線上を進むかどうか彼らは落ち着き払い塔の上で
自らの計算に確信を抱いて優しい火山に囲まれ鉛の
警固《けいご》の下《もと》ガラスに静寂に秘密のない空によって身を
蔽われて時計は普通に動いていたので爆発は起きた

つばのある帽子を強く目深《まぶか》にかぶり去っていった自
らの服よりも小さな星の父たちは子供時代の凧につ
いて考えていたぴんと張られた紐が手の中でふるえ
ていたのに今や何もかもが彼らからは隔てられてい
て時計が彼らの代りに働いていた彼らに残されたの

はただ父の形見のような古い銀色の脈拍だけだった

晩になると動物も羊歯もないコンクリートの小径と
電気のフクロウのいる森を背にした一軒家で彼らは
子供たちにダイダロスについてのお伽噺を読み聞か
せることになるだろう確かにギリシア人の考えは正
しかった彼は月も星も望んだわけではなく彼は単に
鳥だったし彼は自然の秩序にとどまったが彼が創造
した事物は動物のように彼のあとをついて歩み彼は
自分の翼と運命を外套のように背に荷い続けたのだ

原題 Ojcowie gwiazdy を Ojcowie gwiazd と、星を複数形にしたものも散見される。翻訳では毎行の字数を揃えたが、原文ではばらばらで、行数も第一連が七行、第二連が六行、第三連が七行である。私のこの訳詩集で、このように行の数が原詩と一致しないのはこの作品だけに限られる。

物体の観察　Studium przedmiotu

1

いちばん美しいのは
無い物体だ

水を運ぶにも英雄の遺骸を
保存するにも役に立たない

それをアンティゴネが抱いたことも
その中で鼠が溺れ死んだこともない

開口部はなく

全体が開かれている
あらゆる方向から
見える
つまり辛うじて
予感されたに過ぎないもの

そのすべての
輪郭線の髪は
集まって一条の
光の流れになる

失明
によっても
死亡
によっても

無い物体は
奪い去られはしない

2

無い物体が
在った場所を
黒い正方形で
示したまえ
美しい不在の
ものに寄せる
単純な挽歌だ

四辺形に
閉じ込めた
男性的悲哀だ

3

今度は
全空間が
海のように盛り上がる

暴風が
黒い帆に打ちつけ
黒い正方形の上を
吹雪の翼が旋回する

そして島は沈む
塩辛い高潮の下へ

4

今度は君の前に
物体より美しい
それが在った場所より美しい
空っぽの空間がある
それは前世界
あらゆる可能性の
白い天国
君はそこへ入ることも
叫ぶこともできる
垂直――水平

裸の水平線を
鉛直の雷が撃つ

これでやめにしてもいい

どのみち君はもう世界を創造したのだ

5

内側の眼の
忠告を聞きたまえ

囁きや呟きや舌なめずりの
言いなりになるな

それは創造されていない世界が
映像の門の前で犇《ひし》めく音

天使たちはピンク色した
雲の綿菓子をくれると言い

樹々はそこら中に

だらしない緑の髪を押し込む
王たちは紫衣《しえ》を薦《すす》め
喇叭手《らっぱしゅ》に鍍金《ときん》を
命ずる

鯨ですらポートレイトを欲しがる

内側の眼の忠告を聞きたまえ
誰も中には入れるな

6

取り出したまえ
無い物体の
影から
極地の空間から

内側の眼の厳格な夢から
椅子を

荒野のカテドラルのように
美しくも役に立たぬ椅子を

椅子の上には皺《しわ》のよった
ナプキンを置きたまえ
秩序の観念に加えよ
偶発事《アヴァンチュール》の観念を

水平線と争う垂直を前にした
椅子《それ》は信仰告白《クレド》となるがいい

天使たちより静かで
王たちより誇り高く
鯨よりも本物で

あるがいい
最終的な事物の相貌を帯びるがいい

私たちは願うおお椅子よ告げてくれ
内側の眼の底を
必然性の虹彩を
死の瞳を

タマリスク　Tamaryszek

合戦を城砦を艦隊を
斬殺された英雄を
斬殺する英雄を
僕は語ってきたが
これだけ忘れていた

海の嵐を
城壁の倒壊を
燃え上がる麥や
覆《くつが》えった丘陵を
僕は語ってきたが
これだけ忘れていた

槍に貫かれて
横たわり
彼の口と傷が
閉じつつある時
海も
街も
友も
彼には見えない
見えるのは
顔の近くの
タマリスクだ

タマリスクの一番高い
乾いた小枝に
彼は昇る
そして茶色と緑色の

葉を避《よ》けながら
空に向かって
飛ぼうとする
翼もなく
血もなく
考えもなく
——もなく

珍しくこの詩は大文字ではなく小文字で始まる。旧約聖書の『サムエル記上』二二章六節に「サウルは、手に槍を持って、ギブアにある丘のぎょりゅうの木陰に座っていた」、三一章一三節に「彼らの骨を拾ってヤベシュのぎょりゅうの木の下に葬り」、『創世記』二一章三三節に「アブラハムは、べエル・シェバにぎょりゅうの木を植え、永遠の神、主の御名を呼んだ」とあり「ぎょりゅう」とあり（以上の引用はすべて日本聖書協会『新共同訳』一九八七年版）、漢字では御柳とか檉柳（ていりゅう）とするらしいが、檉柳属（*Tamarix L.*）の中にも六〇種以上あるようで、特定できない。ただ、聖書に登場するそれは *Tamarix aphylla* だろうというので、そのイメージで訳した。

魂の衛生　Higiena duszy

私たちは私たちの肉体という狭いベッドの中で生きている。その中でたえず落ち着きなく動いているのは未熟者だけだ。自分の軸の周りを回転してはならない。なぜならそうすると鋭い糸が糸巻《ボビン》に巻かれるように心臓に巻き付くからだ。

頸の後ろで両手を組み、眼を閉じ、この怠惰な河を流れてゆかねばならない――《髪の泉》から最初の《大いなる爪の瀑布》に至るまで。

テーブルの扱いは慎重に　Ostrożnie ze stołem

食卓では静かに着席していること。夢見てはいけない。逆巻く海流が静かな瓶の中に収まるまでにどれほどの努力が払われたかを忘れてはならない。一瞬の不注意で、すべてがお流れになり得るのだ。また食卓の脚に体を擦りつけるのもよくない。彼らはとても敏感だからだ。食卓に着いて行うべきことはすべて冷静沈着かつ事務的に処理しなければならない。またその用途が最後まで考え抜かれていない品物を持って着席すべきではない。夢のためには別の木製品が私たちには与えられている——すなわち森であり、ベッドである。

世界が止まる時　Kiedy świat staje

それは滅多に起こることがない。地軸が軋み、止まる。その時はすべてが止まる――嵐、艦隊そして谷間で草を食む雲。すべて。牧場の馬たちですら、中断されたチェスの試合のように不動の姿勢をとる。

しばらくすると世界はまた動きだす。大洋は呑み込み、吐き出し。谷は煙り、馬たちは黒い野から白い野へ移ってゆく。また、バリバリと空気と空気が擦《こす》れるけたたましい音も聞こえる。

樵夫　Drwal

朝になると樵夫《きこり》は森に入る。背後にした楢の大きな扉をばたんと閉める。樹々の緑色の髪は恐怖に逆立つ。幹の押し殺した呻き声と枝の叫び声が聞こえる。

しかし樵夫は木を伐るだけで終わらない。太陽を追いかけ、森の涯《はて》で追いつく。晩になると打ち割られた幹が地平線に輝く。その上方に冷《さ》めゆく一挺《いっちょう》の斧。

天気　Pogoda

天の封筒の中に私たち宛ての手紙がある。オレンジ色と白の幅広い縞柄の巨大な空気。心やさしいその大男が私たちの前を行く——体を揺らしながら。竿のてっぺんに光り輝く球をのせて。

第四詩集『銘』*Napis*（一九六九年）から

第四詩集『銘』は従来通りの版元チテルニクから、ノンブルを有する頁数五四、初版部数一七八〇冊で、一九六九年十一月に刊行された。収録作品数四〇篇。第三詩集から八年の間隔が空いたが、その間ヘルベルトは多くの国外旅行をし、その成果であるエッセイ集も書いた。一方で病気がちになったことも間隔があいた理由として挙げられている。またこの詩集は、一八九二年に生まれ、一九六三年に他界した父親ボレスワフ（Bolesław）に捧げられている。

天使の取調べ　Przesłuchanie anioła

彼らの前に立ち
疑いの陰にいる
うちはまだ全身
光で出来ている

髪の毛の霊体《アイオン》は
無垢のかたちに
束《つか》ねられている

最初の問いの後
頬に血がめぐる

各種の道具と尋問が
血をゆきわたらせる

鉄で葦で
とろ火で
体の外周が
定められる

背中への打撃が
泥濘《ぬかるみ》と雲の間に
脊椎を定着する

数夜ののちに
仕事は完了し
革張りの天使の喉は
粘つく妥協で満ちる

何と美しい瞬間か
罪に託身し内容を
充填された彼が
崩《くず》折《お》れ膝をつく

飛ばされた歯と
告白の中間で
舌は逡巡する

彼は頭を下に吊るされる

天使の髪から
蠟の雫が滴り
床に単純な
予言を象《かたど》る

ランゴバルド族　Longobardowie

ランゴバルド族からは途方もない冷気が漂ってくる
急傾斜の椅子に腰掛けるかの如く峠の鞍にしっかと居据《いす》わるランゴバルド族
左手には曙光を携え
右手には鞭　荷運び動物たちを鞭打つ氷河
焚火　爆《は》ぜる星々　灰　拍車の振子
爪の下　瞼の下には
火打石の如く硬く黒い異邦人の血の塊り
唐檜を燃やすこと　馬の吠えること　灰
断崖絶壁に楯と並べて蛇を吊るす
背筋を伸ばし北からやって来る不眠不休の彼らはほぼ盲目
焚火を囲み紅い子らをあやす女たち

ランゴバルド族からは途方もない冷気が漂ってくる
谷に舞い降りるその影は草を焦がし
長々と引き延ばされるその雄《お》叫《たけ》びは *nothing nothing nothing*

サン＝ブノワの逸話　Epizod z Saint-Benoît

ロワール河畔の古い修道院の
（樹液という樹液はこの河を流れ下った）
バシリカへの入口の前の
（拝廊ではなく石造のアレゴリー）
柱頭のひとつに
裸のマックス・ジャコブがいて
悪魔と四翼の大天使が
彼を取り合い闘っている

となりの柱頭を
考慮すれば別だが
この格闘の結果は

公表されずに終わった
ジャコブの捥《も》がれた片腕を
悪魔は強く摑んで放さない
四枚の不可視の翼に挟まれた
残りのからだは
出血するにまかせ

フランスの藝術家マックス・ジャコブ（Max Jacob, 1876-1944）の墓がこの修道院にあるという。ジャコブはユダヤ人だったが、一九一五年にカトリックの洗礼を受け（教父パブロ・ピカソはジャコブのパートナーだったとも言われる）、一九二〇年代に一度、そして二度目は一九三六年から一九四四年二月にナチスに捕まるまで、この修道院で暮らした。「悪魔」はマックスをドランシー収容所に、妹のミルト＝レアをアウシュヴィッツ収容所に送り、死なせた。

詩人の家　Dom poety

かつてここでは窓ガラスに吐息があり、パンを焼く香りがただよい、鏡の中には同じ顔があった。今は博物館だ。すべての床《ゆか》の植物相《フロラ》は根絶され、チェストはどれも空《から》にされ、部屋はみなワックスに浸された。窓は昼といわず夜といわず開け放たれた。邪気に祟られたこの家に近づく鼠はいない。

ベッドメイキングは完璧だが、一夜であれここで過ごそうとする者は一人としていない。

彼の箪笥と彼の寝台と彼のテーブルとの間――手の石膏型のように精密な、不在の白い境界。

郷土の悪魔　Diabeł rodzimy

1

十世紀初頭に《西》から到来した。初めはエネルギーとアイディアに溢れていた。いたるところで彼の蹄の音が響き渡った。空気は悪霊臭がした。天国よりも地獄に近いこの未開の国こそ、彼には約束の土地と思われた。民衆の傾きやすい魂は、まさしく黒い火による洗礼を必要としていた。

丘の上では次々と鐘楼が傾いた。僧侶たちはひいひいと鼠のように鳴いた。おびただしい聖水が流された。

2

城や町は錬金術の学者と魔術のペテン師に賃貸しした。そして自身は十本の鉤爪を使って民族の健康な肉、すなわち農民に喰い込んだ。身体に深く這入り込んだが、跡は残さなかった。母殺したちが安普請《やすぶしん》の礼拝堂を奉納した。堕落した娘たちは立ち上がった。憑かれた者たちは薄ぼんやりと微笑んだ。

天使たちの筋肉は硬化した。人々は鈍い徳へと次第に陥っていった。

3

彼の体から硫黄臭がしなくなるまではあっという間だった。かわって干し草の無邪気な匂いがしだした。少々飲酒癖がついた。すっかり怠け者になった。たとえ牛小屋に入っても、もはや牛の尻尾と尻尾を結ぼうともしない。夜な夜な女の乳首を刺戟することすらない。

だが彼は誰より長生きするはずだ。麥仙翁《むぎせんのう》のように頑固、牛蒡《ごぼう》のように怠惰に。


ポーランドは十世紀の半ば以降――最もポピュラーな年号は九六六年――に「受洗」したと言われる。これはすでにカトリック教徒だったボヘミアの公女とそれまで異教徒だったポーランドの君主が結婚し、カトリック式の洗礼を受けたことを言う。それがそのまま「建国」の概念につながる。

夜明け

Świt

夜明け前、最も深い瞬間に響きわたる最初の声は、ナイフの一撃のように鈍くもあり鋭くもある。それからは一分々々増幅されるノイズが夜の幹を穿《うが》つ。

希望は一切ないという気がする。

光を求めて闘うものは致命的に脆《もろ》い。

そして地平線に樹の断面が、非現実的なまでに大きく偽りなく痛い血染めの断面が現れる時、われわれは奇蹟を祝福することを忘れまい。

ピリオド　Kropka

一見すると、愛しい顔の上の雨粒、嵐が迫り葉の上で動きを止めた黄金虫。息を吹き返す、拭い去る、ひっくり返すことが可能なもの。終止ではなく、緑の翳を伴う、どちらかと言えば一旦停止。

われわれが何としてでも手なずけようとするピリオドは、実のところ砂から突き出た骨、ばたんという衝撃、カタストロフィの記号だ。自然の諸力の句読点だ。人は節度をもってこれを用いるべきであり、運命の代理をする時には必ずそうするように、然るべき厳粛さをもってするのでなければならない。

なぜ古典なのか　Dlaczego klasycy

A・Hに

1

『ペロポネソス戦史』第四巻でトゥキュディデスは
不首尾に終わった自分の遠征の経緯を語っている

首領たちの長広舌
合戦　攻囲　疫病
目の詰んだ陰謀の網
外交交渉等々の中で
そのエピソードは森の中の
一本の針に過ぎない

アテネの植民地アンフィポリスが
ブラシダスの手に落ちたのは
トゥキュディデスの救援が遅れたからだ

故郷の町に対し　彼は終身の
追放刑によってそれを償った

その代償がどれほどのものであったかは
あらゆる時代の追放者たちが知っている

2

近時の戦争の将軍たちは
似たような失態にいたると
後継者を前に膝を折って哀訴し
自分の英雄精神と無実を
誇る

部下たちを
嫉妬深い友人らを
不利な風を告発する

トゥキュディデスが語るのはただ
軍艦七隻を率いたこと
冬だったこと
そして全速で航行したことだけだ

3

もしも藝術の主題が
ひたすら自己を憐れむ
小さな割れた魂
割れた壺でいいとなれば

私たちの後に残るのはせいぜい
薄汚れた小さなホテルで
壁紙が白む頃の
恋人たちの涙のようなものだろう

献辞にあるA・Hは、オーストリアの女優アンゲーリカ・ハウフ（Angelika Hauff, 1922-83）だと言うが、ヘルベルトとの関りは調べていない。

第五詩集『コギト氏』*Pan Cogito*（一九七四年）から

第五詩集に含まれる作品は、その軽妙で戯画的な感を与える「主人公」の名とともに、広く世に知られることとなる。コギトは、デカルト由来の成句「われ思う、ゆえにわれ在り Cogito, ergo sum」から。コギト氏はヘルベルトの分身、今の言葉で言えばアヴァターとみなされている。学校教育でも重宝され、ヘルベルトと言えばコギト氏という大衆的なイメージを作った。出版社は従前通りチテルニクだが、発行部数は飛躍的に増大し、初刷りから一〇二八〇部と多かった。ノンブルのある頁数七八、収録作品数四〇篇。

父について思うこと　Rozmyślania o ojcu

幼年期の水面に泛《うか》ぶ雲の中のその恐ろしい顔
（私の温かい頭をその手で支えてくれることはあまりに稀れだった）
信ずるほかはない父　罪を赦すことのない父は
森を切り拓き道を真直ぐにしていった
私たちが夜に入った時には高々とトーチを掲げていた

私は父の右手に坐るだろう
私たちは闇から光を切り離しながら私たちの生者を
裁いてゆくのだろうと私は思っていたが
――そうはならなかった

父の玉座は古物商がリヤカーで運んだ

登記簿謄本も私たちの領地の地図も

父はもう一度生まれ直したが小柄で非常に脆《もろ》く
透明な皮膚ときわめて僅かな軟骨しか持たず
私が受け入れられるように体を小さく縮めた

どうでもいい場所では石の下の影でしかない

父は私の中でひとり育ち私たちは自分たちの敗北を食べ
和解するためにほとんど努力は要らないと
人々が言うたび
私たちは腹をかかえて笑う

故郷の町に帰ることを考えるコギト氏

Pan Cogito myśli o powrocie do rodzinnego miasta

もし私がそこに戻ったとしても
きっとそこにはないだろう
私の家の影ひとつ
子供時代の木立ちも
小さな鉄のプレートが付いた十字架も
そこに腰かけて私が呪文を囁いたベンチも
栗と血
私たちのものであるいかなるものも無い

唯一残ったものと言えば
チョークで円を描《か》いた
舗道の板石

私はその中心に立つ
一本の足で
跳躍の一瞬前

私は大きくなれずにいる
年月が流れ
頭上で幾つもの惑星や戦争が
轟々と音を立てても

私は中心に立つ
記念碑のように不動で
一本の足で
終局への跳躍を前に

チョークの円は
古い血液の色に変わり
周囲には灰の小さな

塚が育っている
肩まで
口まで

「私の町」でも回想されたルヴフがここでは固有名詞を一切出さずに示唆される。とはいえ、作者の出身地を知らない読者の場合、これがウクライナの西の都であるリヴィウだと知る手がかりはない。この作品では、今回の訳詩集を編む中での最大の難問にであった。それは冒頭から七行目の「栗と血」で、原文は **kasztany i krew** である。問題の一つは外形的、文法的なもので、並列されたこの二つの名詞が前後の行とどのような関係にあるのかわからないということにある。これらの名詞は主格もしくは対格（目的格）の形になっているので、一番自然な解釈は六行目の「呪文」を受けての対格だろうということになるが、もちろん引用符はないし、いたって落ち着かない。「栗も血もない」と否定で読むことは文法的に許されないのでこの句は宙吊りの状態にある。次の問題は kasztany（kasztan の複数形）が何を意味しているか特定できないということだ。この語には（一）食べられる栗の実がなる木、（二）マロニエ（実が食べられない種類の栗の木）、（三）食用の栗、特に「焼き栗」——といった意味を割り当てることができるが、どれも特定できない。連想されるべきは、確かにルヴフの町の名物だった焼き栗なのか、マロニエの並木道なのか決める手立てがない。仮に二つの名詞が「名物」を言うのであれば、「血」は歴史上何度もあったルヴフ攻防戦で払われた犠牲のことなのか。途方に暮れた私は、英訳者はどうしたのかと思い、Alissa Valles という人物が二〇〇七年に出した訳詩集 *Zbigniew Herbert. The Collected Poems: 1956-1998* の電子版（二〇一〇年）を買って覗いてみると、驚いたことに、この七行目全体がまるでそもそも存在しないかのように削除され、訳されていなかった。

第六詩集

『包囲された《町》からの報告とその他の詩』

Raport z oblężonego Miasta i inne wiersze（一九八三年）から

カーシャ（Kasia）すなわち妻カタジナ・ヘルベルト（Katarzyna Dzieduszycka-Herbert）に捧げられた第六詩集は、パリの亡命ポーランド人が根城とした出版社 Instytut Literacki から一九八三年七月に《クルトゥーラ叢書》第三八〇巻として出版された。総頁数八六。三五篇の収録作品の多くが、一九八一年十二月一三日発布の戒厳令以降にベルリンで書かれた。

コギト氏の魂　Dusza Pana Cogito

昔は
心臓が止まると
体から出ていったことを
私たちは歴史で習った

最後のひと息とともに
青々とした草原めがけ
ひっそり遠ざかっていったことを

　コギト氏の魂は
振る舞いがちがう

生きているうちにいとまの
言葉もなく肉体を去り

何ヶ月も何年も
コギト氏の境界を出て
他の大陸で遊ぶ

その住所の入手は難しく
行方はわからない

連絡を避け
手紙も書かない

いつ帰るか誰も知らず
永遠に去ったのかも知れず

コギト氏は嫉妬という

劣情を克服しようとして

魂を悪く思わず
愛情こめて魂のことを思う

きっと色々な別の肉体にも
住まねばならないのだろう

人類全体からみれば
魂の数は決定的に少なすぎる

コギト氏は運命を甘受する
そうする外に手立てはない

――私のたましい私のたましい――
彼は精いっぱい心をこめて言う

しみじみと魂を思い
愛情こめて魂のことを思う

だから彼女が
予期せぬ仕方で現れても
言葉で迎えるわけではない
――帰ってきてくれてよかったと

ただ斜交《はすか》いに眺めるだけだ
鏡の前に坐った彼女が
もつれて白くなった
髪をとかすのを

「魂」と訳したduszaは女性名詞なので「彼女」とした。死んだ肉体から魂がひとり飛び出し、牧場のような緑の野へ向かうというのは、古く中世から歌われ、あるいは書かれてきた伝統的なモチーフ。

挽歌　Tren

母の思い出に

彼女はいま頭上に褐色の根の雲をすらりとした
塩の百合を額《ひたい》には砂のロザリオを戴《いただ》いて
泡立つ星雲と星雲の合間を航行する船底にいる

ここから一マイル先で河が折れ曲がるあたり
波の上の光のように――見えたり――見えなかったり
全ての者と同じくまことと変わらず――ひとりうちすてられて

初出は週刊『ティゴドニク・ポフシェフネ』一九八一年第一七号（四月二六日）。ヘルベルトの母マリア・ヘルベルトは一九〇〇年に生まれ、一九八〇年に亡くなった。

河に　Do rzeki

河よ――水時計《クレプシドラ》よ永遠の喩よ
あなたの中に入ろうとする私はその都度その都度異なり
雲でもあり得れば魚でも岩でもあり得るけれども
あなたはといえば肉体の変容と精神の失墜を
細胞組織と愛の緩慢な腐敗を測る時計のように不変だ

土から生まれた私は
あなたの弟子になりたい
そして超然とした心を源を知りたい
さやぐ円柱よ冷たい篝火《かがりび》よ
私の信心と絶望のよりどころよ

河よ私に固執と持続を教えてほしい
始まりと終わりの聖なる三角形の中
大いなるデルタの陰で最後の刻限に
休息する資格を得られるよう

初出はクラクフにある劇場スターリ・テアトル（逆にしてテアトル・スターリとも）で一九八一年四月一一日に初演されたスペクタクル《コギト氏の帰還》で配布されたプログラム。

旅行家コギト氏の祈り　Modlitwa Pana Cogito – podróżnika

主よ

美しくとても多様な世界を創造して下さったあなたに感謝します

そしてまた私が日々の労苦を遠く離れた場所に行くことをあなたがその無尽蔵の慈悲心で許して下さったことにも

——夜タルクイーニアの広場で井戸の傍らに寝そべっていると塔の上の鐘が何度も揺れてあなたの怒りをあるいは赦しを告げてくれたことにも

ケルキラ島で小さな驢馬がその不可思議な肺のふいごを駆使して私のために風景のメランコリーを歌ってくれたこと

そして醜いマンチェスターの町で善良で聡明な人たちに遭遇できたこと
自然がその賢いトートロジーを繰り返しつづけてくれたこと――森は森　海は海　岩は岩と
星々は巡《めぐ》り世界はあるべくしてあった――《万物ユピテルに満ちて》
――お赦しを――他の人々の残酷にも不可逆な人生がまるでボーヴェの聖ペテロの天文時計のように私の周りを巡《めぐ》るあいだ私は自分のことしか考えていなかったこと
私が怠惰だったことといつもぼんやりしていたこと迷宮や洞窟であまりにも慎重だったこと
そしてまた被征服民族の幸福のためバイロン卿のようには闘わずもっぱら月の出と博物館を眺めていたことをお赦し下さい

——あなたを讃えるため創造された数々の作品が私にもその秘密の一端を明かしてくれてドゥッチョ　ファン・エイク　ベッリーニが私のためにも描いてくれたのだと度し難く不遜にも私が思えたことに感謝します

そしてまた完全に理解したとは一度として思えなかったアクロポリスが傷ついた体を辛抱強く少しずつ私の前に開いてみせてくれたこと

——ラエルテスの息子の故郷である太陽に灼かれた島で求められもせずに私のために果物を持ってきてくれた白髪の老人にご褒美をお授け下さい

そしてまたヘブリディーズ諸島の霧たちこめる小さなマル島で私をギリシア語で迎えてくれて夜は聖アイオウナの方を向いた窓辺にランプを灯したまま地の光が挨拶を交わせるようになさってと言ってくれたミス・ヘレンにも

そしてまた私に道を教えながら《降り立て《カトー》　主よ《キリエ》　降り立てよ《カトー》》と言ってくれたすべての人々にも

そしてベルリンで私を窮地から救ってくれた後に思いがけずアリゾナで遭遇して十万のカテドラルが倒立したようなグランド・キャニオンへ連れて行ってくれた善良な男子学生であるパクシ島出身のスピリディオンのスポレートにいるお母さんをどうかお護り下さい

——本当に言語に絶するイオニア海に日が沈む時みすぼらしくも愚かしい潤んだ眼をしたわが迫害者たちのことを忘れていられるようにして下さいおお主よ

他の人々異なる言語違う苦しみが私に理解できますように

そして何よりも私が謙虚でつまり源を渇望する者でありますように

主よ美しくとても多様な世界を創造して下さったあなたに感謝します

もしもこれがあなたの誘惑なのであれば私は永久にそして赦されることなく誘惑された者です

《万物ユピテルに満ちて》の原文は *Iovis omnia plena* というラテン語の成句。また《降り立て　主よ降り立てよ》と訳した箇所は *kato kyrie kato* が原文で、ギリシア語の挨拶だという。

特使

Postaniec

人々が絶望的に長いあいだ待ちうけた特使
勝利もしくは滅亡を告げる筈の渇望された伝令は
到着を渋っていた——悲劇に底はなかった

深みでは合唱隊《コロス》が陰鬱な予言と呪詛を唱え
王は——王朝の魚は——理解不能な網の中で踠《もが》き
もう一人の不可欠な登場人物——運命が欠けていた

恐らくエピローグを知っていたのは鷲　楢　風　海の波
半ば死にかけの観客は石のように浅い呼吸をしていた
神々は眠っていた稲妻のない静かな夜

終《つい》に血と泥と悲嘆で出来た仮面を着けた特使が到着した
意味の取れぬ雄叫《おたけ》びをあげて手で《東》を指した
憐憫も焦燥もないそれは死より始末が悪かった
誰でも末期《まつご》の瞬間には浄められることを願うのに

趣味の力　Potęga smaku

イズィドラ・ドンプスカ教授に

立派な人格などというものはまるで必要なかった
私たちの拒否不同意そして執着
私たちにはほんの少し必要な勇気があっただけだ
だが本当を言えばそれは趣味の問題だった
　　　　　　　　　　　　　そう　魂の
繊維と良心の軟骨が入った趣味の問題だった

もしもっと上手に美しく誘惑されていたら分かったもんじゃない
聖餅《せいへい》のように平べったいピンク色の女たちあるいは
ヒエロニムス・ボスの絵のような空想上の生き物たちが派遣されていたら
ところがこの時期の地獄がどんなだったかと言えば
水浸しの穴に人殺したちの袋小路

正義の宮殿と名づけられたバラック
レーニンのジャケツを着た自家蒸留のメフィストが
オーロラの孫たち馬鈴薯の顔した少年たち
赤い手のいたって不器量な少女たちを地域に送り込んでいた

まことに彼らのレトリックはあまりにお粗末だった
(マルクス・トゥッリウス・キケロは墓の中で笑った)
連鎖する同語反復に殻竿《からざお》もどきの概念ちらほら
野犬狩りの弁証法およそ優雅さのかけらもない論証
接続法の魅力を欠いた統語法

つまり美学は人生において役立つのだ
美についての勉強をおろそかにすべきではないのだ
入党を志願する前に念を入れて調べるべきなのだ
建築の形を笛や太鼓のリズムを
シンボル・カラーを葬儀の恥ずべき式典を

私たちの眼も耳も従順を拒否した
　私たちの感覚の貴公子たちは誇り高き流刑を選んだ

立派な人格などというものはまるで必要なかった
私たちにはほんの少し不可欠な勇気があっただけだ
だが本当を言えばそれは趣味の問題だった
　　　　　　　　　　　　　そう　立ち去るよう
顔を顰《しか》めるよう侮蔑の言葉をおもむろに明瞭に発するよう命じる趣味の問題だった
たとえそうすることで身体のかけがえのない柱頭《キャピタル》が落ちることになるとしても
　　　　　　　　　　　　　　　　　　　　　　首が

初出は地下出版の季刊誌『ザピス』（Zapis）一九八一年第一八号（四月）。一九八〇年二月二九日、ヘルベルトはこの詩を西ベルリンから『ティゴドニク・ポフシェフネ』編集長トゥローヴィチ（既出）に郵送する際、こう書いている――「ここで友人の誼を恃んでのお願いがあります。何らかの不可解な理由によって《趣味の力》が印刷公表できなくなった場合――これをイズィドラ・ドンプスカ教授に郵送（あるいは自ら出向いて一本の花とともに手渡し――尤もそれは甘え過ぎかと想像しますが）していただければこの上なく幸せです。／尊敬してやまぬ偉大な先生には、これまで二度手紙を書き、それぞれ別の寛容なる国から送ったけれども、どうやら遠すぎたと見えて、手紙は途中で居酒屋に寄って酔っ払い、住所を忘れてしまったようだった」。事実、この詩は検閲で却下され、印刷できなかったので、トゥローヴィチによってドンプスカに郵送された。確かにここまではっきりレーニンの名前を汚せば、そうならざるを得なかっただろう。イズィドラ・ドンプスカ（Izydora Dąmbska, 1904 ルヴフ -1983 クラクフ）は哲学・哲学史研究家で、ポーランド統一労働者党（共産党のこと）政権によって最も忌避され、弾圧された学者の一人。

包囲された《町》からの報告　Raport z oblężonego Miasta

人並みに武器を携えて戦うには歳を取り過ぎている――
年代記作者というしがない役目をお情けであてがわれた私は
包囲の歴史を――誰のためとも分からぬままに――記録している
正確さを期待されていながらいつ襲撃が始まったか私は知らない
二百年前の十二月　九月　ひょっとすると昨日の明け方
ここでは誰もが時間感覚の消失を患っている
唯一私たちに残されたのは場所　場所に対する執着
未だ私たちの保有にかかるものといえば神殿の廃墟　庭園家屋の幻
もしも廃墟を失えばもはや何も残らない

終わることのない週のリズムに従い私は自分にできる範囲で記す
月曜――全ての倉庫は空《から》　鼠が流通の単位となる
火曜――市長正体不明の複数実行犯により殺害
水曜――停戦協議数回　敵は特使らを拘束
彼等の居場所つまり囚獄場所を私たちは知らない
木曜――植民地貿易商たちの提出した無条件撤退案を
激論の集会で多数決により棄却
金曜――初のペスト患者　土曜――不屈の守備兵
N. N. が自殺　日曜――断水　東側の《契約の門》と
呼ばれる門で突撃を食い止める

こんな単調なものでは誰の心も動かし得ないことは分かっている

私はコメントを控え感情は制御し事実を書く
外国の市場では事実だけが評価されると聞く
しかし些かの自負とともに世界に報せたいと私が願うのは

戦争のおかげで私たちは新種の子供を育て上げたということ
私たちの子供は童話を嫌い殺人ごっこをして遊ぶということ
寝ても覚めてもスープ　パンそして骨を夢見ているということ
まったくもってまるで犬猫のように

日が沈むと私は好んで《町》の縁《へり》を
私たちの不確かな自由の境界線に沿ってぶらつく
蟻集する軍勢　その灯火を上から眺める
騒がしい太鼓の音　蛮族の怒号に耳を傾ける
《町》が未だもちこたえているというのは真《まこと》に不思議だ

攻囲は長きに亙り敵は入れ代わり立ち代わり交替せざるをえない
私たちの滅亡を願うことのほかに彼らの共通点は何もない
ゴート族　韃靼人　スウェーデン人　《皇帝》軍　《主の変容》部隊
その数を誰が数え切れるか
春の鳥の淡い黄色から緑　赤をへて冬の黒へ
地平線上の森のように移り変わる旗の色

かくて晩には事実から解放され私は考えることを許される
昔のこと遠いこと例えば海の彼方のわれらが同盟者のこと
彼らの同情に嘘いつわりないことは知っている
小麦粉　希望の袋　油脂そして良き助言を送ってくれることを
第二次黙示録の頃のわれらが同盟者
彼らの父たちが嘗《かつ》て私たちを裏切ったことすら知らぬ
息子たちには罪がなく彼らは感謝されるべきなので私たちは感謝する
彼らは永遠のように長い攻囲を体験したことがないのだ
不幸に見舞われた者はいつでもひとりだ
ダライ・ラマの支援者　クルド人　アフガンの山人《やまびと》たち

今これらの言葉を私が書いている時点で宥和支持派は
絶対抵抗派よりやや優勢だ
いつもながらの気分の揺れ　帰趨《きすう》は依然として不明

墓地は広がり守り手の数は減少

だが防衛は続いているし最後まで続くだろう
もし《町》が陥落しても一人が生き残れば
流刑の途上にあってもその者が自らの裡に《町》を抱え運ぶだろう
その者が《町》になるだろう

私たちは飢えの顔　炎の顔　死の顔と
中でも最悪の――裏切りの顔と正対する

まだ辱められていないのは私たちの眠りだけ

（一九八二）

初出は地下出版誌『ノーヴィ・ザピス』(Nowy Zapis) 一九八二年第一号(十二月)。ヘルベルトの同意のもと、作者名を伏せて掲載された。勇気ある詩人の発言、意思表明として、時局や政治の文脈で読まれ、人口に膾炙した作品がヘルベルトには何篇かあり、これも「趣味の力」とともに、あるいはそれ以上によく言及される。二七以上の外国語に翻訳されている。自主管理労組《連帯》の活動が活発化し、合法化されるなど、ポーランドにおいて民主化、自由主義化の勢いが高まるのを見て危機感を覚えたソ連は、国境を越えてポーランド領内に軍を進める用意があることを伝えた。ヤルゼルスキ将軍(同時にポーランド統一労働者党第一書記)は、一九八一年十二月五日にモスクワで開催されたワルシャワ条約機構のサミット会議において、ポーランドは独力で《連帯》を初めとする反体制勢力を排除すると言明、十二月一三日に戒厳令を発布した。《町》が包囲されているというのは、この状況を指した。末尾の年号「一九八二」は括弧に入れられているわけではなく、斜字体で印刷されている。

第七詩集『去りゆくものに寄せる哀歌』*Elegia na odejście*（一九九〇年）から

第七詩集は表題が示唆するように、死がライトモチーフとなっている。パリの出版社 Instytut Literacki から一九九〇年五月に《クルトゥーラ叢書》第四六〇巻として出版された。ノンブルを有する頁は四七。

願いごと　Prośba

神々の父よそれにわが守護神ヘルメスよあなた方に
お願いするのを忘れていた――今やもう手遅れか――
お祈りのようにあまりにも気恥ずかしい
上等な贈り物を
すべすべの肌　豊かな髪　アーモンドのような瞼を

楢林《ならばやし》のほとりで
真珠の空気を
笛から吹き流す
羊飼いが描かれた
Popescu《ポペスク》 伯爵夫人の
思い出の手箱に

私の人生もすっぽりと
余すことなく収まって
くれればそれでいい

内側は雑然
カフス一個
父の古い腕時計
眼のない指輪
折り畳み海上望遠鏡
乾き切った手紙数葉
マリーエンバート
温泉に誘《いざな》う
マグカップの金文字
封蠟一本
バティスト地のハンカチ
砦を明け渡す信号
黴が少し

霧が少し

神々の父よそれにわが守護神ヘルメスよあなた方に
お願いするのを忘れていた
意味のないさりげない朝　昼　晩を
少しの魂
少しの良心
軽い頭を

それと踊る足どりを

初出は一九八二年からパリ（後にミラノ、ワルシャワ）で発行されていたポーランド語の季刊誌『文学ノート』（Zeszyty Literackie）一九八九年第二六号（春号）。第二連にポペスク伯爵夫人という語が現れるが、平均的な読者にとって、ルーマニア人の名前だなという以上の特別な連想はないだろう。

ファイト・シュトース——至聖処女マリアの入眠　Wit Stwosz: Uśnięcie NMP

黄金の衣が嵐の前の天幕のように皺《しわ》む
熱い紫の高潮《こうちょう》が胸と足をあらわにする
レバノン杉の使徒らが巨大な首《こうべ》を擡《もた》げ
高みから斧に似た黒い鬚が垂れさがる

木彫り師の指が花開く。**奇**蹟は掌をすり抜けるので
掌は空気の上に置かれ——空気は絃のように渦巻く
星々は天上で濁り星々からはまた音楽も作られるが
地上に達することなく月のように高い所で持続する。

《**処**女マリア》は眠りにつく。**驚**きの底へと向かう
彼女をひよわな網の中に保ち続けるのは愛されし眼

彼女は愈々《いよいよ》高く落ちて水の流れのように指を抜ける
昇りゆく雲のうえに辛うじて身をかがめる使徒たち

初出は非常に古く、『ティゴドニク・ポフシェフネ』一九五二年第二〇号（五月一八日）。ドイツ人彫刻家ファイト・シュトース（Veit Stoß, 1448?-1533）は、ポーランド南部の古都クラクフに二〇年ほど住み、同地のマリアツキ教会に大きな彩色木彫祭壇を残した。「聖母マリアの入眠」はその祭壇画の主題。翻訳では原詩の行数だけを保存し字数を揃えたが、原文の一行音節数は揃っていない。ただ比較的定型詩に近い韻律感がある。訳詩で句点（。）を施した三箇所には原詩でもピリオドが打たれている。極めて例外的。

車　Wóz

何をしているのか
この齢《よわい》百歳の老人は
古い書物のような顔に
涙の涸れた眼で
思い出も
歴史の呟きも禁じて
唇を堅く噛み

冬山が
輝きを失い
フジヤマがオリオン星座に立ち入るこの時間
ヒロヒトは

――神にして皇帝にして公務員の
この齢百歳の老人は
――書いている

それは
恩赦の勅令でも
憤怒の勅書でもなく
将軍たちの
任官状でも
奇抜な拷問の命令でもなく
年に一度の
伝統詩のコンクールのための
作品

今回の主題は
車
形式は

五句三十一音綴の
敬愛すべきタンカ

「国有鉄道の
列車に乗りこみながら
わが祖父明治の帝《みかど》の
世界を思う」

臆面なくウェットなものあり
勝ち誇った遠吠えありの
現代人の作とは
違う

わざとらしい紅潮もなく
一見粗い手触りの
息を殺した
詩一篇

メランコリーも
長旅の前の忙《せわ》しなさも
恨みや
希望さえも
捨て去って
鉄道を詠む
言《こと》の端《は》一片

私は
胸しめつけられながら
ヒロヒトについて考える

その傾《かし》いだ背中
凝固した頭
古人形のような顔について

その乾いた眼について
小さな手について
ふくろうの
一声と一声の
間の休止のような
ゆるやかな思考について
私は考える

胸しめつけられながら
考える
伝統詩がどんな
運命をたどるのか

皇帝の影を追って
それは去ってゆくのか

消えがちなる

かそけきものとして

初出は『ティゴドニク・ポフシェフネ』一九八九年第一〇号(三月五日)。作中に引用された昭和天皇の歌が詠まれた歌会始は一九八八年一月一二日のもので、崩御は一九八九年一月七日である。詩が崩御後に書かれた可能性を完全に排除することはできないが、そうではないだろう。すでに死んだ「皇帝の影を追って」伝統詩は「去ってゆくのか」と読める可能性よりも、詩の全体を支配する現在形の響きが優越して、皇帝はこれから死ぬのだと感じられる。歌会始のための歌を書くヒロヒトを見て、その余命が短いと確かにヘルベルトは感じとっていた。その段階の作品として私には読める。「ヒロヒトを見て」というのも、ヘルベルトはフランスのテレビでこの年の歌会始の様子を見たのではないかというのが、私の推測である。八六年から九二年まで、彼はパリに住んでいた。亡命していたと言ってもいい。「臆面なくウェットなものあり」は恐らく「み車に車椅子ごと乗り給ふああご無事なり天皇陛下」などを、「勝ち誇った遠吠えあり」は恐らく「船尾より積まるる輸出車つぎつぎに光りて埠頭も海も明るし」などの実際の詠進歌を指していること、また歌会始そのものの場面より、むしろそれに先立って天皇が実際歌を作っているかのような情景を詩は髣髴させることを考えあわせると、ニュースというより、ドキュメンタリー番組のようなものを見たのではないかとも思われる。しかもこの時代であればすでに衛星放送があったわけだから、ヘルベルトが見たのも、フランス以外の国で制作された番組である可能性もある。

それとも、「この齢百歳の老人は」「何をしているのだろうか」と始められ、「ふくろうの一声一声の間の休止のようなゆるやかな思考」と描く修辞に、私は騙されているのだろうか。動画ではなく、新聞や雑誌の記事であっても、もしすぐれた文章と写真さえあれば、この詩をインスパイアすることはできたはずだからである。ここに描きだされたヒロヒトの肖像の精確さといい、翻訳された和歌に対する見識といい、どこまでがヘルベルトの拠った取材源の質と情報によるのか、どこからが詩人の慧眼なのか不審にも思えてくる。そのことをここでは穿鑿しないが、一般的に言えば、日本の文物についての情報が極めて少ないポーランド語の空間内部では、このようなテクストが成立し得る余地はまずない。

詩人によって克服されているとみえるのは情報の欠如だけではない。ここで「フジヤマ」はゲイシャ、サムライとセットになったエキゾチシズムの記号であるよりも、東京から見れば日光連山や秩父山地、富士の周辺であれば赤石山脈や奥秩父山塊などの「冬山」と同列に、しかもヨーロッパ由来の名辞「オリオン星座」と連結されて、むしろ季節と時刻を正確にあらわす座標として機能している。また、ヒロヒトの書いているものが、時代錯誤的な「恩赦」「憤怒」の詔勅、「将軍」の「任官状」でもなく、オリエンタリズムの記号に属する「奇抜な拷問」でもないという否定の畳み掛けによって、日本の「皇帝」（cesarz と小文字で書かれている）にまつわるポーランド語読者の固定観念が崩される。

詩の前段を通じて、このように日本や天皇といった事柄に負わされている一般的なバイアスを修正する語り口には、対象を突き放した距離感、アイロニーのようなものがつきまとう。「神にして皇帝にして公務員」にしても「齢百歳の老人」を二度繰り返す措辞にしても、「タンカ」を修飾する（英語であれば **reverend** ほどの意味と機能の）形容詞 **czcigodny** 一つとっても、そこに諷刺家、戯画家的な精神は活動していると言ってよく、そのこと自体はポーランド語の現代詩において珍しいことではまったくない。それが、昭和天皇の歌の引用を境にがらりと空気が変わる。元の歌は「国鉄の車にのりておほちちの明治のみ代をおもひみにけり」だが、ポーランド語への翻訳はいたって精確である。これを読んでのヘルベルトの評価は絶讃に近いだけでなく、詩の前半に感じとられた揶揄や距離が失せて、急速に詩人本人への対象の引き寄せ、引きつけが進む。

率直というより真摯さ、真剣味というより切迫感とすら言える、後半の語調は何を意味するのだろうか。共産主義は「ファシズムの変種に過ぎなかった」（後出）と言い、一貫して体制に対する妥協を拒んだ反体制の旗手、二〇世紀後半のポーランド文化人で最も汚点のない経歴を持つとされる詩人が、昭和天皇について「胸しめつけられながら考える」というのは、この詩に内蔵された強力な捩れだと思わざるを得ない。「車」を書いた時、ヘルベルトはまだ六十四歳前後だが、病気も抱え、老いということをすでに強く意識していた。書くものにもすでに晩年と言える風情が漂っていた。ヒロヒトの像の描出にあたって、一般に流通するバイアスが修正されていると先に書いたが、逆に念入りに誇張され、増幅された属性は、その老齢と古代性である。ここにあるのは、現代史をすでに生き抜き、かつそれに関する「呟き」をも禁じられた、いわば歴史を後《あと》にした人間の像、天皇と和歌という――ポーランド語から見れば――ともに古代的な制度のみによって辛うじて動いている人形の像であると言っていい。

そういう像に作者があからさまに自己を重ねているとしか読めないこの詩については、ポーランド国内での言及はほとんどない。題名も含めて謎が多すぎるからだ。昭和天皇の評価や和歌という（大衆化したhaiku に比べても）ポーランドであれば踏み込みがたい問題もあってお手上げだとばかりに避けられている。ちなみにポーランド語の原題は Wóz であるが、昭和最後の歌会始の御題「車」の訳としてはこれでよく、この詩の英訳（J. & B. Carpenter / A. Valles）の Wagon はむしろおかしい。Wóz と訳せるとすれば、フランス語の véhicule からか、英語の vehicle からかではないかと思うが、こういうことを考え始めると、話はふたたび詩人の取材源は何だったのかという疑問に立ち戻ってしまう。いずれにせよ、自分以外の読者が当面はゼロであっても書いたと考えられるヘルベルトらしい作品。

第八詩集『**ロヴィーゴ**』*Rovigo*（一九九二年）から

出版社はこれまでと変わり、ポーランド南西部の都市ヴロツワフにあるドルノシロンスキェ出版（Wydawnictwo Dolnośląskie）で、同社はポーランドで初めて民営化された（一九九一年）国営出版社であると言われる。詩集は一九九二年五月に刊行された。ノンブルのある頁は全部で五九。収録作品数二六。表題作の詩「ロヴィーゴ」を私は結局訳さなかったが、イタリアのヴェネト州にある都市の名前 Rovigo から。

私の先祖たちの手　Ręce moich przodków

私の中では私の先祖たちの手が休みなく働いている
剣　サーベル　エペを駆使し馬を乗りこなして鍛えられた
細く強く骨ばった手が

――おお何と崇高な静けさ――致命的な一撃の

何が言いたいのか私の先祖たちの手は
あの世から来たオリーヴ色の手は
定めし降参するなということだろう
だから私の中で働いているのだ
言ってみれば黒パンを作る生地の中で

ただ私の想像を超えるのは
彼らの手が私を荒々しく鞍に
脚を鐙《あぶみ》に乗せようとすることだ

狼たち　Wilki

マリア・オベルツに

彼らは狼の法に従って生きたので
歴史は彼らについて固く口を噤む
足を取られる深い雪の上に残った
黄色味おびた尿とこの狼らしき跡

裏切りの一撃が背を打つよりも速く
心臓に達したのは遺恨に満ちる絶望
彼らは密造酒《サマゴン》を呷《あお》り赤貧を喰らった
宿命に応えようとそれは懸命だった

「クロ」はもはや農学博士になれない
「ヨアケ」は簿記係に――「マルーシャ」は

母親に――「カミナリ」は詩人になれない
彼らの若い頭を白く染めるのは雪だ

エレクトラが悼んだわけでもなく
アンティゴネが葬ったわけでもなく
彼らはこうして未来永劫
深い雪の中で永遠に死につづける

粒だった雪の吹きつける鬱蒼とした
白い森の中で彼らは自分の家を負けた
悼むこともぼさぼさになった彼らの毛を撫でることも
――しがない事務員の――私たちの務めではない

彼らは狼の法に従い生きていたので
歴史は彼らについて固く口を閉ざす
善良な雪の中に残された
黄色味おびた尿とこの狼の足跡

初出は新聞『チャス・クラコフスキ』（Czas Krakowski）一九九一年第七五号（三月二九日／四月一日）。初出時には「一九四五年以降、森の中で誓いを破ることなく武器を手に戦死していった将校たち、下士官たち、兵士たちのために」という献辞があったが、単行本収録時に「マリア・オベルツに」と変更された。原稿の段階ではさらに、反ポーランド、反ドイツ、反ソ連の活動を展開した「ウクライナ蜂起軍」（略称ＵＰＡ）の戦士たちにも詩は捧げられていたと言う。『チャス・クラコフスキ』は、十九世紀半ばから両大戦間期にかけてクラクフで発行されていた有力な日刊新聞『チャス』（Czas〔時〕）の後継を意図して一九九〇年に発刊されたが九七年に終刊となった短命の新聞で、いわゆる保守派が拠った。最後の二年は週刊だった。マリア・オベルツ（Maria Oberc またはオベルツォーヴァ Obercowa／旧姓ボイコ Bojko, 1925-2007）はルヴフ出身のポーランド人作家で、前出のイズィドラ・ドンプスカの教え子。レジスタンスの「国内軍」（略称ＡＫ）兵士。一九四四年のワルシャワ蜂起に参加した。幼年向け、青少年向けの著作があるほか、ヘルベルトとの文通を残している。

第二次世界大戦中、ロンドンにあったポーランド亡命政府が指揮をとるかたちで地下抵抗活動を展開したのが「国内軍」だった。一九四四年八月一日に始まった「ワルシャワ蜂起」も彼らが主役だった。大戦中に一〇万人の「国内軍」兵士が戦死したとされる。公式には一九四五年一月一九日に「国内軍」解散が宣言されるが、実は多くの兵士が戦闘を続けた。ドイツが降伏した後、今度彼らが敵とみなして戦った相手は「自国」ポーランドの共産主義政権だった。「狼たち」が初出時には「一九四五年以降も誓いを破ることなく」戦死していった者たちに捧げられていたことにはそういう意味合いがある。民主化以前には無論このテーマはタブーで、言及は厳しく制限されていた。

フェッラーラの雲　Obłoki nad Ferrarą

マリア・ジェピンスカに

1

白く
底を鋭く切り取った
細長いギリシア船のような

帆もない
櫂もない

ギルランダイオの絵で
初めて見た時には
想像の産物だと

藝術家の空想だと
思っていた

だが実在するのだ

白く
底を鋭く切り取った
細長いギリシア船のような

西日が着せる
血の色
銅の色
金の色
そして天上の緑の色

たそがれれば
紫の

こまかな
砂を
まぶされ

とてもゆっくり
すすむ

ほぼ不動の雲たち

2

人生で何ひとつ
自分の意志
知識
良い目的に従って
選ぶということができなかった

職業も
歴史の中の避難所も
全てを説明し得るシステムも
その他もろもろのことも
だから僕は場所を選んだ
停留のための場所を数多く

――テント
――道端の宿屋
――ホームレスの保護施設
――民泊
――*sub love*《露天》の泊
――修道院の独居室
――海辺のペンション

《東洋》のお伽噺に出てくる
空飛ぶ絨毯のような

乗り物が
世界の美しさに苛まれ
心奪われ
眠い
僕を一つの場所から
次の場所へと運んでくれた

実際は
殺人的な旅だった

こんがらがった道
傍目《はため》には見えない目的
逃げる地平線

でも今ははっきり見える
白く
細長い

帆のない
ほぼ不動の
フェッラーラの上の雲が

彼らはゆっくりと
しかし確実に
未知の岸を
めざしてすすむ

運命が
決せられるのは
星座ではなく
彼らの中だ

マリア・ジェピンスカ（Maria Rzepińska, 1914-93）はルヴフに生まれ、クラクフで没した美術史家。

アキレウスとペンテシレイア　Achilles. Pentezylea

アキレウスは短い剣でペンテシレイアの胸を貫き、傷の中で三度――決まり事として――武器を回したが、その瞬間、突如啓示を受けたかのように見てとった――アマゾン族の女王が美しいことを。彼は彼女をいたわりながら砂の上に横たえ、重い兜を脱がせ、髪の毛をとき放ち、両手を優しく胸の上に組ませた。それでも彼女の眼を閉じる勇気はなかった。

彼は、いま一度、訣別の眼差しを彼女に投げかけた。そしてあたかも外力によって強いられたかのように、泣いた――彼自身もこの戦争の他の英雄たちも誰一人として泣いたことがなかったのに――静かな、哀願するような、低く這うような、無力感にみちた声で。その声の中、テティスの息子がかつて知ることのなかった、後悔のカデンツァ、哀訴が何度も立ち返りきた。ペンテシレイアの頸に、胸に、膝に、哀歌の引き延ばされた母音たちが木の葉のように落ち、こわばりゆく彼女の体の輪郭に沿って巻きついた。

彼女自身は不思議の森での《永遠の狩り》に向かうつもりでいた。そのまだ閉じられていない眼は、遠くから、勝者を見ていた——強情で真っ青な憎悪を湛《たた》えて。

第九詩集『嵐のエピローグ』*Epilog burzy*（一九九八年）から

第八詩集と同じヴロツワフの出版社から刊行されたヘルベルト最後の個人詩集。ノンブルのある頁数七八。収録された詩は四三篇。

おばあちゃん

Babcia

数え切れないほどの
ボタンで留めた
きちきちの
長いワンピース姿の
蘭のような
群島のような
星座のような
神聖この上ないわたしのおばあちゃん

わたしは彼女の膝の上にいて
彼女はわたしに語り聞かせる
森羅万象を

金曜日から日曜日まで

聴き入るわたしは
すべてを知っている――
――彼女に発するすべてを

ただ自分の生まれだけは
明かしてくれない
バワバン家《け》のマリアばあちゃん
《経験豊かなマリア》ばあちゃん

アルメニアの
虐殺については
何も言わない――
トルコ人の虐殺についても

わたしが幻想の数年を

あたら生きぬよう

彼女は分かっている
いずれわたしが自ら知るということを
おまじないも涙もなしに
言葉の
ざらついた
表面も
底も

日禱（主よ、こまごまとした物の……） Brewiarz [Panie, / dzięki Ci składam…]

主よ、

こまごました物の絶え間ない捜索に死ぬほど集中しながら、いつからか記憶にないほどの昔から、救援もなく埋没してきたこの人生の屋台をまるごと下さったあなたに感謝します。

地味な釦、鋲、サスペンダー、眼鏡、小川ほどのインク、いつでも準備万端の原稿用紙、クリアーファイル、辛抱強く待ちつづける紙挟みを私に与えて下さったあなたの称えられんことを。

主よ、太い針また髪の毛ほどに細い針の注射器、繃帯、あらゆる種類の粘着テープ、従順なパップを下さったあなたに感謝、点滴、ミネラル塩、末梢静脈カテーテル、そして何よりローマのニンフのような響きのいい名を持つ睡眠薬を、死をせがみ、死を思い起こさせ、死の代わりをしてくれる善き錠剤をありがとう。

全詩集には晩年に書かれた四篇の「日禱」が収録され、どれも同じ題なので、区別するにはどうしても書き出し（いわゆるインチピット）を示さなければならない。普通の散文のように句読点を交えて書かれている。

日禱（主よ、橋のように……）　Brewiarz [Panie, / obdarz mnie...]

主よ、

橋のように、虹のように、大海のアルファとオメガのように架け渡された線を持つ、呼吸に等しい線を持つ長いセンテンスを組み立てる能力を私に与えたまえ

主よ、その中に色々な世界が、色々な世界の骨組みが、夢からできた色々な世界が入るほどの大きな谷のように収容力があり、楢の樹のように枝の広がる長いセンテンスを構築する者たちが持つ力と器用さを私にも与えたまえ

そしてまた主節が従属節をしっかりと支配し、従属節の複雑でも明晰な流れを統御し、様々な要素の動きを従えて外れることなく通奏低音のように持続し、ちょうど目に見えぬ重力の法則に従って元素が引きつけられるように文の要素を引きつけてくれますように

というわけで私は祈りを捧げ、長いセンテンスを希《こいねが》う、苦労の末に捏ね上げたどの一文にも、鏡面に映るカテドラル、壮大なオラトリオ、トリプティクが出現するほど広大なセンテンスを

また巨大な動物、小さな動物、鉄道の駅、悲哀に満ちた心臓、岩の切り立つ断崖と掌の運命線も出現するほど広々としたセンテンスを

ヘルベルト略伝と訳者後記

ズビグニェフ・ヘルベルトは一九二四年十月二九日、ルヴフ（ポーランド語 Lwów のカナ表記で、以下この文章ではポーランド語式に記す）という町で生まれ、同じ年の十二月二六日、自宅の隣と言ってもいい距離にあったローマ・カトリックの聖アントニウス教会で受洗した。当時は第二共和政ポーランド領内だったが、現在は一九九一年に独立を果たしたウクライナ国の都市であるためウクライナ語に近づけてリヴィウと呼ばれるこの町に生まれ育ったこと、そして二十歳を過ぎてからはそれがもはや帰ることのない故郷になったことは、ヘルベルトにとって深い意味をもったに違いなかった。

父ボレスワフ（一八九二～一九六三）は法学博士で、第一次大戦中はポーランド軍団第一旅団の兵士だったが、一九一八～一九年、ポーランド共和国と西ウクライナ人民共和国の間で戦われたポーランド・ウクライナ戦争ではルヴフをめぐる攻防戦に参加している。ズビグニェフ誕生の頃は金融・保険業界の要職に就いていたので、家庭は裕福だった。母マリア（一九〇〇～八〇）は教員養成学校を出て公務員をしていたが、結婚後は専業主婦だった。ズビグニェフには姉のハリーナ（一九二三～二〇一七）と弟ヤヌシュ（一九三一～四三）がいたが、弟は早くに病死した。

ズビグニェフは「父方のヘルベルト一族は恐らく十八世紀末から十九世紀初頭にかけてイギリスから移住してきた者たちで〔……〕曽祖父は片言のポーランド語も喋れぬ、英語の教師だった」と語ると同時に、子供時代いっしょに暮していた父方の祖母マリアはアルメニア人の血を引いていたとも強調している。いずれも確かな裏付けのある歴史的事実であるよりは家の中で語り継がれていた神話であるらしいけれども、さまざまな場面でヘルベルトが語った言葉を見ると、彼がそれを信じていたことはまず疑いなく、信じていたという事実自体の意味は小さくない。

ズビグニェフと同じこの十月の一ヶ月間にルヴフ市内で生まれた子供の家庭は、五三・九％がローマ・カトリック、三三・三％がユダヤ教、一二・五％がグリーク・カトリック（東方典礼カトリック教会、帰一教会などとも言う）だったというが、こうした住民構成はかつての西ガリツィア地方では一般的で、必ずしもルヴフだけのものではなかったはずである。「私にとって、ユダヤ人のいない、ウクライナ人のいない、アルメニア人のいない、ワラキア人のいない、ワラキア出身の家族のいないポーランドなどというのはポーランドではなかった。ルヴフこそがポーランドだった」とヘルベルトは後年語っている（一九八五年「ヤツェク・チシュナデルとの対話 Wypluć z siebie wszystko / rozmawia Jacek Trznadel」）。

一九三一年、ズビグニェフは小学校に入り、一九三七年には理数系の教科を中心とするカリキュラムのカジミェシュ大王記念国立第八ギムナジウム（男子校）に進学するが、ソ連による占領が始まって一年後、すなわち一九四〇年九月には数人の同級生とともに、それまでウルスラ修道会の女子校だったがにわかに共学となった私立高等学校に転校させられる。この転校には、第八ギムナジウムでズビグニェフを含む一部の生徒たちが起こした反ソヴィエト的行動に対する懲罰の意味があったという。ちなみにヘルベルトと同じ小学校とギムナジウムに入り、生き残った人物には日本でも知られた指揮者スタニスワフ・スクロヴァチェフスキ（Stanisław Skrowaczewski, 1923-2017）がいる。一歳違いの同窓生だが、二人に交流があった形跡はない。

一九四一年の初め、ズビグニェフは――市中で――スキーを履いた状態で転倒し、足を骨折した。その帰結として右足が短くなり、特殊な靴を履かねばならず、一生涯跛行した。この身体障碍のために戦後の兵役も免除されたが、同時にスポーツもダンスも、踏み込むことのできない領域になった。

一九四一年六月三〇日、今度はドイツ軍がルヴフに入って来る。ソヴィエトの赤軍はその直前、収容所に拘留していたポーランド人とウクライナ人住民七〇〇〇人以上を殺戮して撤退したが、ナチスドイツが進駐してきた後には、まず六月三〇日～七月二日に一度、次いで七月二五日～二七日に二度目、今度はユダヤ人を標的にしたいわゆるポグロムが起こっている。

この年の秋、ズビグニェフが骨折のリハビリテーションを終えて日常生活に復帰するのと時を同じくして、ルヴフ市内ではドイツ占領軍の目を盗んでの地下教育が始まっていた。生徒は数人の小さなグループで市内各所に分散して秘密裡に授業を受けた。地下教育ではあっても、戦前の中等教育で教えられていた正規のカリキュラムの七五％を達成できたとされている。地下学校での学習を終えてズビグニェフ・ヘルベルトが中等教育修了資格認定試験に合格したのは一九四四年初頭のことである。試験ももちろん地下である。これに続いて三月までのごく短期間ではあるが、ヘルベルトは地下大学でポーランド文学を学んでいる（ルヴフ大学では自然科学でも人文科学でも極めて水準の高い教育と研究が行われていて、数学概念の《バナッハ空間》で知られるステファン・バナフなど、世界的に知られた学者も少なくなかったが、ナチスによって閉鎖されていた）。

一九四四年三月、ヘルベルト一家はルヴフを離れ、ほぼ真西に三〇〇キロ離れたクラクフに移り、当初は親類の家に身を寄せるが、ほどなくクラクフの北北東三〇キロの町プロショヴィーツェ（Proszowice）に一戸建ての家を借りて住む。七月、故郷のルヴフはふたたび赤軍に占領されるのだが、彼らはその悪夢からは逃れることができたのだった。終戦後の一九四五年、ヘルベルトはクラクフ商科大学（現在のクラクフ経済大学）に入学し、五年後に修士号を取得する。同時に同じクラクフ市内にあるヤギェロン大学法学部、クラクフ美術大学でも聴講し、法学の勉強はその後トルン（Toruń）のミコワイ・コペルニク大学でも続け（一九四七〜五一）、やがて法学修士になるが、トルンでは哲学も学んだ。家族はこれより前の一九四五年五月、バルト海に面した保養地ソポット（Sopot）に越していたが、ヘルベルトが彼らに合流したのは二年後の一九四七年末である。ソポットでは銀行や業界紙編集部で働いたがいずれも長続きはしなかった。最も長く働いた職場はポーランド文学者組合（ZLP）グダンスク支部事務局で、一九四七年から五一年まで勤務。一九五一年、ヘルベルトは首都ワルシャワに移り、五七年まで住んだ。

ポーランド北東部、ドイツとの国境に近い港町シュチェチン市で発行されていた新聞『週刊沿岸』（Tygodnik Wybrzeże）一九四八年第三五号に掲載された「素人のための実存主義」という評論が、公になったヘルベルトのテクストとしては最初のものだとされる。サルトルの思想を紹介する短いエッセイだったが、これ以降文学、哲学、音楽、演劇、美術などの分野で大小の評論をさまざまな筆名で新聞雑誌に発表してゆく。やがて『庭園の野蛮人』（Barbarzyńca w ogrodzie 一九六二）、『轡のある静物』（Martwa natura z wędzidłem 一九九三）というような、美術を主題にしたエッセイ集でも評価されたヘルベルトだけあって、中でも美術（展）評が多かった。とはいえ、それで生計が立てられるわけではなく、教員退職者組合、泥炭工業研究計画中央事務局、ポーランド作曲家協会事務局などで働いた。

スターリン主義時代が去り、満を持して発表した詩集『光の絃』（一九五六）と『ヘルメスと犬と星』（一九五七）が高く評価されたヘルベルトは、ポーランド文学者組合から独身者用住居（二八㎡）をあてがわれ、文化藝術省の奨学金（一〇〇ドル）を得て念願の外国旅行に出る。ちなみに、初めに商科大学で勉強したのも、経済の分野で仕事をしていれば外国に行ける機会も多いのではないかと考えたからだと自身で述懐している。

最初の旅行先はウィーン経由で行ったフランスで（一九五八年五月〜五九年一月）、チェスワフ・ミウォシュとはこの時に初めて会っている。その後イギリス（一月〜三月）、イタリア（六月〜七月）を訪れてスポレート市の《両世界フェスティヴァル Festival dei Due Mondi》に参加、フランスに戻り、帰国したのは一九六〇年の五月だった。この時の旅行の成果が、「ラスコー」「ピエロ・デッラ・フランチェスカ」など一〇篇のエッセイを収めた『庭園の野蛮人』である。ミュンヘンに本部を置いて主として共産圏向けに放送を行っていた《ラジオ自由ヨーロッパ》のポーランド語部門は、このエッセイ集を「一九六三年にポーランド国内で出版された最良の図書」とするアンケート結果を発表した。一〇篇のうち七篇を選んだドイツ語訳がフランクフルトで一九六五年に出された。

カテドラル〔＝ノートルダム大聖堂〕に近い、サン・ルイ島に私は住んでいた。数日後、日曜日の割引切符を使ってシャルトルに出かけた。そこで、ゴチック愛好家としての私の運命は封をされる如くに決まった。それからというもの、フランスのカテドラルを全部見てやろうという尋常ではない目論見を実現すべく、あらゆる機会を利用した。もちろん計画は完全には達成できなかったが、最も重要なものは――Senlis, Tours, Noyon, Laon, Lyon, Châlons-sur-Marne, Reims, Rouen, Beauvais, Amiens, Bourges――見た。そうした遠征からパリに帰り着くと、私はまるで山から下りて来たような感覚を懐いた。そしてサント＝ジュヌヴィエーヴ図書館で書物の海に沈潜した。初めのうちは浅はかにも、あらゆるゴチックを説明し得る何らかの公式があるだろうと思って探した。ゴチックにおいて同時に構造であり象徴であり形而上学である何かを。しかし慎重な学者たちは誰も一意的な解を与えてはくれなかった。

（『庭園の野蛮人』所収「カテドラルの石」から）

パリからワルシャワに戻ったヘルベルトは、フランスに残ったミウォシュに宛てた手紙でこう報告している――

ポーランド国内の日常生活はカオスと超現実主義が花盛り。これがたぶんいちばん耐えがたい。ものを創ろうとするあらゆる営みが、蔓延する無力感に沈む。人を麻痺させる空気。

（一九六〇年六月八日）

一九六一年七月、第三詩集『物体の観察』が出版される。この年にはヘルベルトの戯曲『詩人の復元』『哲学者たちの洞窟』『隣の部屋』の初演もあった。十月、チェコスロヴァキアの作家組合に招かれてプラハを訪れる。この頃までにはすでに詩人としての名声が確立し、ポーランド各地で詩人を囲む会や朗読の夕べが開催されるようになっていた。

一九六三年秋ふたたび出国、特に古代ローマ人の足跡を訪ねてイングランド、スコットランドを旅する。十二月パリに戻り、あくる六四年一月には、サン・ルイ島にあるポーランド図書館で、若手ポーランド人文学者を支援するジュネーヴの《コシチェルスキ基金財団賞》授与式に出た。この賞が創設されて二年目のことで、経済的に余裕のなかったヘルベルトにとって、受賞は僥倖だったように見える。その賞金で国外滞在が延長できたヘルベルトは、イタリア（六四年七月～八月）とギリシア（九月～十月）を回った後にフランスに戻り、年末に帰国する。一九六四年秋、ポーランド生まれのドイツ人で、すぐれたポーランド語文学翻訳家・研究者のカール・デデチウス（Karl Dedecius, 1921-2016）が編んだヘルベルトの訳詩集が出版される。英語圏におけるミウォシュと同様、ヘルベルトをドイツ語圏世界に紹介したデデチウスの功績はきわめて大きい。

一九六五年にはベルリン藝術アカデミー会員、バイエルン美術アカデミー会員に推挙され、ザルツブルクで第一回《ヨーロッパ文学賞》、ウィーンで《ニコラウス＝レーナウ賞》を受賞するなどした結果、ドイツ語圏での活動が増えた。オーストリアには六六年春まで滞在し、その後ドイツを旅した後にフランスに長期滞在した（一九六六年六月～六七年九月）。その後ふたたびドイツ、オランダ、ベルギーを巡り、六八年冬にはベルリンに居を構えた。一九六八年三月、パリのポーランド総領事館で、当時パリに住んでいた知人カタジナ・ヂェドゥシツカ（Katarzyna Dzieduszycka, 1929-　）と結婚。二人でベルリンに戻るが、夏にはアメリカに招待されて各地を周遊した。

私はいまバークリーにいる。あさってここで詩を読み、それからロサンジェルスに移動して、そこでもまた藝を披露する。なんとなく夢の中に生きているような心地で、今まさに大きな霧が太平洋からおしよせてくるところだ。もういい加減どこか家に落ち着きたいけれども、私の家はどこなのか。放浪生活で途轍もなく疲れてはいるが、期待を裏切らないように、まだ何かいいことをやりとげたい。（一九六八年七月八日、アルトゥル・ミエンヅィジェツキ&ユリア・ハルトフィク夫妻宛書簡）

おりからミウォシュとピーター・デイル・スコット（Peter Dale Scott）の訳によるヘルベルト『詩選』（*Collected Poems*）がペンギン・ブックスから出て、詩人・作家ヘルベルトの名が英語圏でも広く認知される契機となる。その後、一九七〇年九月半ばまでベルリンに住みながらイタリアやポーランドに出かけるが、一九七〇年九月〜一九七一年六月の学年は、ロサンジェルスにあるカリフォルニア州立大学で客員教授として十九〜二十世紀のヨーロッパ詩・演劇を講じた。

一九七一年八月二七日、ヘルベルトはポーランドに帰り、七四年までワルシャワに住み、公園沿いのプロメナーダ通り（ul. Promenada）に住宅を購入もした。一九七三年五月には《ヘルダー賞》の受賞でウィーンへ赴き、八月初めまで滞在、同地にいた詩人W・H・オーデンを死の直前に訪問している。その後九月までにギリシア、ミュンヘン、シュトゥットガルトを訪れた。一九七三〜七四の一学年、グダンスク大学で講義。一九七五年から一九八一年までの大部分の期間はふたたびドイツ、オーストリア、イタリアなど国外で暮らした。独立自主管理労組《連帯》の活動が体制変革の希望を掻き立てる中、一九八一年初めに帰国。六月一五日、《連帯》の活動家たちとともに《一九五六年ポズナンの六月》二五周年を記念する集会に参加。地下出版を含めた反体制運動を支援し、ヘルベルトの名は運動を象徴するようになる。八一年十二月一三日に始まった戒厳令下の時代には、彼の詩を朗読する会が教会で催され、ヘルベルト自らも参加した。地下活動の集会で曲を付けてギターの伴奏で歌われるなどしたヘルベルトの詩は、若者を中心とする大衆にも浸透してゆく。当局の検閲を経る出版物にはテクストの掲載を拒否し、以前から出版社に預けてあった第三のエッセイ集『海辺の迷宮』（*Labirynt nad morzem*）の原稿は撤回した（本は没後の二〇〇〇年に出版された）。そうした状況下、彼の詩集は国外で出版され、国内に密輸された。「包囲された《町》からの報告」は、ポーランドについて報道する外国メディアでもしばしば引用された。一九八四年、《連帯》は自らの名を冠した賞をヘルベルトに授与した。自由を求め、抵抗において妥協をせぬ精神――そんなイメージが詩人ヘルベルトの像に重ねられていった時代である。

一九八六年、ヘルベルトは六年間という生涯で最長の国外滞在をパリで始める。第一〇区のパサージュ・エブラール（Passage Hébrard）通りに、パリ市が用意してくれたささやかな住宅に住み、滞在中、ドイツ、オランダ、イタリア、スペインに出かけた。一九九〇年、パリの亡命系出版社から詩集『去りゆくものに寄せる哀歌』を刊行、翌九一年には文学賞《社会の中の個人の自由のためのエルサレム賞》を受け取るためにイスラエルに赴いた。この賞を授与された最初のポーランド人である。右の詩集の題名にせよ、収められた詩篇の主題にせよ、いずれも死をめぐるものであることと、当時すでにヘルベルトの健康状態が思わしくなかったことは関りがあるだろう。肺気腫（喘息？）などの病気の悪化もあり、一九九一年末、ヘルベルトはワルシャワに向かう。

晩年のヘルベルトは政治的な発言や活動がめだち、それが少なからぬ論議を呼んだ。国内の状況に関しては、第三共和政ポーランドが、依然として共産主義の影響下にある「《ポーランド人民共和国》の延長」に過ぎないという主張に与し、かつての共産主義者や同調者、日和見主義的転向者らを排除すべきだとも発言した。国外の状況に関しては、たとえばチェチェン人やクルド人といった少数民族や政治的弱者の解放や独立を支援する活動をした。

ズビグニェフ・ヘルベルトは一九九八年七月二八日午前四時、ワルシャワの結核肺疾患研究所で他界した。死んだらルヴフの（生家に近い）ウィチャコフスキ霊園（Cmentarz Łyczakowski／ウクライナ語でリチャキフスキ墓地）に葬ってほしいと言っていたというが、結局、七月三一日、ワルシャワのポヴォンスキ霊園（Cmentarz Powązkowski）に埋葬され、ウィチャコフスキ霊園から輸送された土が柩の上にかけられた。首座大司教ユゼフ・グレンプがミサを執り行った葬儀には政府から首相と文化大臣、議会から上院議長が列席した。前日の三〇日にはヘルベルトにポーランド共和国の最高勲章である《白鷲章》を授与することを大統領アレクサンデル・クファシニェフスキが決定していたが、遺族である妻のカタジナはその受け取りを辞退した。クファシニェフスキはかつて共産党員だったからだろう。そして九年後の二〇〇七年、時の大統領レフ・カチンスキからあらためて勲章を受け取った。何かにつけて政治的なゴシップを好む人々には格好の材料である。

この十数年で多くの国がたどった運命同様、ポーランドでもその後、深く大きい政治的《分断》が生じ、いまも続いている。共産党を強く批判し、民主化以後もいわゆる左派メディアを嫌ったヘルベルトの発言は、その一部が時に国粋主義者らを喜ばせ、その陣営によって利用されようとするが、この詩人を生半なイデオロギーや宗教的党派で私物化しようとする試みが空しいことは、この訳詩集に収めた詩を読んだだけでも察せられるだろう。

葬儀にはヴィスワヴァ・シンボルスカもチェスワフ・ミウォシュも参列した。二人のノーベル文学賞詩人は赤い薔薇の花を柩の上に捧げたという。

＊

シンボルスカがレーニン、スターリン、そして《党》に捧げた美しい讃歌を何篇かここに引用したいという誘惑を感じるが、なぜだろうか。引用は紙幅もとるし場違いなのでやめるが、少なくとも一九四五年から一九六六年までという長期にわたって彼女がポーランド統一労働者党員つまり共産党員だったことは記しておきたい。なぜなら、一歳しか違わない二人のすぐれた詩人が、同時代にどうしてこうも異なる、ほぼ正反対の軌道を歩いていたのか、謎だからだ。もちろんシンボルスカだけではなく、非常に多くの詩人や作家が共産主義やレーニン、スターリンを礼讃し、入党した（「趣味の力」を参照）。むしろ文学者の大半がそうだったかもしれない。だとすれば、ヘルベルトはなぜ例外的存在であり続けられたのか。

共産主義という理論より、共産党あるいは共産党員というものに対してヘルベルトが死ぬまで懐きつづけた強烈な嫌悪は、もしかするとすでにルヴフで――《ウクライナ・ソヴィエト社会主義共和国》に編入され、公用語がロシア語となった町《リヴォフ》で――緩和することのできない不可逆な濃度にまで煮詰められ、結晶化していたのではないだろうか。

ソ連による第一次占領、それに続くソヴィエト式の教育や生活の導入――それは、ポーランド中央部のワルシャワでもクラクフでも、ましてや西部のポズナンやヴロツワフでは経験ができなかったことなのだ。「三九年から四一年までルヴフあるいはヴィルノ（＝ヴィリニュス）でソヴィエトによる占領を体験した人間は、ソヴィエト・システムがどういうものか知っていた、その端的な現場を見ていた。一九四五年は、解放でも何でもなく要するに侵略であり、生き延びることの遥かに難しい倫理的な占領が、より長期に延長されたに過ぎない――そう私のような者は考えた。私にはルヴフの経験があった。それは実地教育であって、それを経験すれば、権力の色と意図、目論見に関する疑問の余地は一切なくなるような性質のものだった。私にとってあれはファシズムの変種に過ぎなかった」――とヘルベルト自身が後年語っているのはこのことを指しているのだろう（一九八五年「ヤツェク・チシュナデルとの対話」）。

二年というのは短いようにに見えるかもしれないが、およそ人の十五歳から十七歳という多感な二年間に――人の精神に――起こり得ない何事かあるだろうか。しかも、《ドヴェルニツキェーゴ通り》一七番地から〔ロシア革命〕《勝利三〇周年通り》一七番地へと住所表示が変わり、正面の壁にあった王冠を戴く鷲のレリーフは打ち壊され、《我等は世界に勝利する》とロシア語で大書された赤い横断幕が張り渡され、ピウスツキとリッツ＝シミグウィの肖像があった場所には《父》スターリン、ベリア、モロトフの肖像が掲げられた、かつてルヴフで最も質の高い教育が行われていたとされる学校で、いったいその二年間に何が起こったのか。教員はあるいは入れ代わり、あるいは殺され、あるいは強制連行でいなくなり、あるいは自殺を遂げ、生徒らも逮捕され、シベリアやカザフスタンに連行されてゆき、日に日に数を減少させていった当時については、生き残った者の回想を読むことである程度の見当はつくが、容易な事では私たちの想像力が追いつかない。視学官のような役回りのウクライナ人が生徒たちを前にして言った「いかなるポーランドも、未来永劫存在しなくなるということを忘れるな」というロシア語が忘れられないというようなくだりが、あるポーランド人の回想録にあるが、ルヴフのポーランド人にとっては、東から新たにやって来たソヴィエト人に加えて、もともとこの地に住む、その多くがポーランド人によって支配、抑圧されてきたと感じていた、ウクライナ人との関係も困難なものだった。

ルヴフでは一九四一年六月までに三度、大規模な住民の逮捕、連行があった。第八ギムナジウム（ソヴィエト時代は第一四高校と改称）で仏語仏文学を教えていたカジミェシュ・ブロンチク（Kazimierz Brończyk, 1888-1967）は四四年には内務人民委員部（ＮＫＶＤ）に捕まり、ドネツク地方のラーゲリに送られるが、生き残ってポーランドに生還し、一九四〇年春に大量拉致があった際のことをこう振り返っている――

そんな光景は何千というルヴフの家庭で起こっていた。どういう気持ちで私が授業をしにギムナジウムまで歩いていったか、想像に難くないだろう。〔……〕生徒たちは死んだように沈黙していた。彼らのほとんど誰もが、身内や親しい者を拉致されていた。とても授業ができる状況ではなかった。私は窓辺に立って外を見ていた。遅れてきた警察隊が通りの向かい側の建物から数人の家族を連れ出してトラックに載せていた。最後に飛び乗ったのはまだうら若い細身の少女で、車が動き出すと、彼女は立ち上がり、笑顔をつくろい、窓から覗く近所の隣人たちに向かって投げキッスをしだした。〔……〕ウクライナ人とユダヤ人の教師たちは通常通り授業を続けようと努めていた。

生き残ったヘルベルトは、ソ連とドイツによる占領中、大戦中、多くの友人、同世代人、同郷人が無念の死を遂げたこと、あるいは戦後に成立した共産党政府によって平時にもかかわらず迫害された旧「国内軍」兵士や将校も少なくなかったことについて、自分だけが生き残ったという自責の念や負い目に近い感情を、あるいは声を失った犠牲者に代わって自分は書いているという気持ちを終生いだいていたと言われるが、この訳詩集に収めた作品にもそれは窺えるだろう。

もう一つ、ヘルベルトが他の詩人たちと大きく異なる経験をしたと思わせる、その経験を根拠にポーランド国内の政治や状況について判断し、相対化し得たのではないかと考えさせる事情がある。それは彼が三十四歳から実に数多くの国外旅行をし続け、ほとんどそこに「住む」あるいはそこで「生活する」という言葉がふさわしいほどの長期滞在も多かったことである。事実上の亡命と言ってもよい時間が非常に長かった。そんなこともあって、私もこの解説文では彼の国外旅行について比較的字数を多く費やしたのだった。

＊

チェスワフ・ミウォシュが英語で編纂した『戦後ポーランド詩集（*Postwar Polish Poetry*）』という翻訳詩集がある。ポーランド国内で言論の自由が大幅に認められるようになった一九五六年以降に発表された詩を集めたもので、初版は一九六五年にアメリカの出版社ダブルデイから刊行された。その後、一九八〇年の夏にグダンスク造船所で労働者のストが実現し、独立自主管理労組《連帯》が結成され、秋にはミウォシュがノーベル文学賞を受賞した。民主化、自由化の大きな波だった。そのうねりに対して一九八一年の冬にはヤルゼルスキ政権による戒厳令導入という揺り戻しが始まる。『戦後ポーランド詩集』の改訂第三版がカリフォルニア大学出版会から出たのは、そうしてポーランドに対する政治的関心が世界中で高まり、ミウォシュの名もノーベル賞効果で知られるようになった時節、一九八三年のことだった。

初版の掲載詩人数二一名、掲載作品七二篇に対して、第三版では二五人の詩人の作品一一五篇が掲載されている。ポーランド現代詩の紹介、国際的普及に大きく寄与したとされるこのアンソロジーで、最も多い一九篇がヘルベルトの詩だった。ヴィスワヴァ・シンボルスカの詩は八篇だったが、彼女はやがてノーベル文学賞を受賞する（一九九六年）。受賞しても何ら不思議はないと誰もが考えていたヘルベルトになぜノーベル文学賞が回ってこなかったかについてはポーランドでも様々な議論があるが、ともかく受賞しなかったのは事実であり、その結果、シンボルスカの日本語訳詩集は何冊もあり、ミウォシュの著作も色々と日本語で紹介されたが、ヘルベルトの日本におけるプレゼンスは無に等しい。集英社版『世界の文学』第三七巻『現代詩集』（一九七九年刊／篠田一士編）には、工藤幸雄氏訳の詩が二一篇掲載されているが、そのほとんど（一八篇）は短い散文詩で、易きについたと言われても仕方のない選択である。ちなみにその二一篇のうち、私もこの本で訳しているのは「壁」と「まずは犬が」だけだ。また私がとりまとめを担当した詞華集『ポーランド文学の贈りもの』（一九九〇年恒文社刊）では、沼野充義氏が「小石」と「コギトさんの怪物」の二篇を訳しているが、私はそのいずれも採っていない。

この日本語訳詩集の出版は、詩人の生誕百年という単純な事情を契機にしたもので、時事的な話題性とも、政治的な必要とも、市場原理とも無縁の企画である。没後十年の二〇〇八年、二十年の二〇一八年にはポーランド議会下院が《ヘルベルト年》を宣言し、行事の催行や出版助成を目的としたそれなりの予算も措置されたが、今年の二〇二四年については何の決定もなかった。

翻訳の底本は、リシャルト・クリニツキ編ズビグニェフ・ヘルベルト『全詩集』（*Wiersze zebrane*, red. Ryszard Krynicki, Wydawnictwo a5, Kraków 2011）である。底本での各詩の配列は初出年代順ではなく、各詩集の発行年によっているので、本書でもこれに従った。『全詩集』には三九九篇が収録されているが、そのうち九一篇を選んだ――選んだというより、私の日本語訳では自立し得ないと判断したものは捨てていった結果、辛うじて残ったのである。初めから翻訳を試みなかった作品も少なくない。最終的に最も大きく選択を左右したのは私自身の限界だということになるが、結果としてこの選択はたぶんヘルベルトの仕事の核心をそれほどひどく外してはいない。たとえ、平均的ポーランド人が知らない詩、「難解」と言われるであろう作品をずいぶん多く採ったなと評されても、である。

散文詩は別として、ごくわずかな例外を除けば、ヘルベルトの詩には句読点がない。そのため、文法的な意味でのセンテンスがどこで始まり、どこで終わるかわからないのだが、唯一――固有名詞以外にも――原文で大文字が現れる箇所があり、それはセンテンスの開始点とみなすことができる。ただピリオドが打たれないので、センテンスの終点はわからない。その種の、いわば文頭大文字を私は機械的に太字体の文字で指定した。たとえば「戦死した詩人たちに」の第二連に「**言**葉のモザイクを君は失くす」とあるが、これは一つの「文」のようであり、次に来る「**正**義の」から「**笑**いだ」までが一つの文に見えることを示す。しかし原文では前者が **Mozaiki** で始まり、後者の文は **Metafor** で始まっているので、翻訳された言葉と原文の言葉が対応しているわけではない。太字体の文字はあくまで文頭位置のマーカーに過ぎない。

ヘルベルトの詩はいわゆる自由詩だが、実にみごとに響く。言葉の選択と配置は論理と音楽の両面で妥協や緩みの少ない、厳しいものである。むしろその厳しさに助けられて翻訳したという面もある。

二〇二四年六月四日

関口時正

第一詩集『光の絃』*Struna światła*（1956）から

九月との訣別 …… Pożegnanie września 6
記憶された三つの詩 …… Trzy wiersze z pamięci 10
戦死した詩人たちに …… Poległym poetom 16
白い眼 …… Białe oczy 18
紅の雲 …… Czerwona chmura 20
銘 …… Napis 23
僕の父 …… Mój ojciec 25
アポロンに …… Do Apollina 28
アテナに …… Do Ateny 33
祭司 …… Kapłan 36
アルヒテクトゥーラ …… Architektura 39
絃 …… Struna 42
ワルシャワの墓地 …… Cmentarz warszawski 45
遺言 …… Testament 48
アルデンヌの森 …… Las Ardeński 51
汎神論者の詩から …… Wersety panteisty 55
われわれは滅びないというバラード …… Ballada o tym że nie giniemy 57
ミダス王の寓話 …… Przypowieść o królu Midasie 59
ギリシアの壺の或る部分 …… Fragment wazy greckiej 64
ためらうニケ …… Nike która się waha 67
ダイダロスとイカロス …… Dedal i Ikar 70

第二詩集『ヘルメスと犬と星』*Hermes, pies i gwiazda*（1957）から

声 …… Głos 76
アクエンアテン …… Ankhenaton 80
ネフェルティティ …… Nefertiti 84
茨と薔薇 …… Ciernie i róże 87
成熟 …… Dojrzałość 89
白い石 …… Biały kamień 92
家具付きの部屋 …… Pokój umeblowany 95
雨 …… Deszcz 99
私の町 …… Moje miasto 104
応答 …… Odpowiedź 109
ハンガリー人に …… Węgrom 113
蜂 …… Osa 116

地下廟 Krypta 117
ホテル Hotel 118
七人の天使 Siedmiu aniołów 119
壁 Mur 120
ハープ Harfa 121
古典主義者 Klasyk 122
画家 Malarz 123
ヘルメスと犬と星 Hermes, pies i gwiazda 124
象 Słoń 126
静物 Martwa natura 127
若いクジラの葬式 Pogrzeb młodego wieloryba 128
イピゲネイアの供儀 Ofiarowanie Ifigenii 130
自殺者 Samobójca 132
均衡 Równowaga 133
日本のお伽噺 Bajka japońska 135
ロシアのお伽噺 Bajka ruska 136

第三詩集『物体の観察』*Studium przedmiotu*（1961）から

想像力という名の小箱 Pudełko zwane wyobraźnią 140
木製の鳥 Ptak z drzewa 143
書くこと Pisanie 147
アポロンとマルシュアス Apollo i Marsjasz 150
最後の望み Ostatnia prośba 155
フォーティンブラスの挽歌 Tren Fortynbrasa 160
まずは犬が Naprzód pies 164
星の父たち Ojcowie gwiazdy 167
物体の観察 Studium przedmiotu 169
タマリスク Tamaryszek 178
魂の衛生 Higiena duszy 181
テーブルの扱いは慎重に Ostrożnie ze stołem 182
世界が止まる時 Kiedy świat staje 183
樵夫 Drwal 184
天気 Pogoda 185

第四詩集『銘』*Napis*（1969）から

天使の取調べ Przesłuchanie anioła 188

ランゴバルド族 Longobardowie 191
サン＝ブノワの逸話 Epizod z Saint-Benoît 193
詩人の家 Dom poety 195
郷土の悪魔 Diabeł rodzimy 196
夜明け Świt 198
ピリオド Kropka 199
なぜ古典なのか Dlaczego klasycy 200

第五詩集『コギト氏』*Pan Cogito*（1974）から

父について思うこと Rozmyślania o ojcu 206
故郷の町に帰ることを考えるコギト氏 Pan Cogito myśli o powrocie do rodzinnego miasta 208

第六詩集『包囲された《町》からの報告とその他の詩』*Raport z oblężonego Miasta i inne wiersze*（1983）から

コギト氏の魂 Dusza Pana Cogito 214
挽歌 Tren 218
河に Do rzeki 219
旅行家コギト氏の祈り Modlitwa Pana Cogito – podróżnika 221
特使 Posłaniec 226
趣味の力 Potęga smaku 228
包囲された《町》からの報告 Raport z oblężonego Miasta 232

第七詩集『去りゆくものに寄せる哀歌』*Elegia na odejście*（1990）から

願いごと Prośba 240
ファイト・シュトース――至聖処女マリアの入眠 Wit Stwosz: Uśnięcie NMP 243
車 Wóz 245

第八詩集『ロヴィーゴ』*Rovigo*（1992）から

私の先祖たちの手 Ręce moich przodków 254
狼たち Wilki 256
フェッラーラの雲 Obłoki nad Ferrarą 259
アキレウスとペンテシレイア Achilles. Pentezylea 265

第九詩集『嵐のエピローグ』*Epilog burzy*（1998）から

おばあちゃん Babcia 268
日禱（主よ、こまごまとした物の……） Brewiarz [Panie, / dzięki Ci składam…] 271
日禱（主よ、橋のように……） Brewiarz [Panie, / obdarz mnie…] 273

表紙・カヴァーの写真について

ウクライナの西の都、リヴィウ市にあるリチャキフスキ墓地は一七八六年に開設された欧州でも古い由緒ある墓地で、近代ウクライナ文化を代表する知識人イヴァン・フランコや、子供向けの著作も多かったためポーランド人なら知らぬ者のない詩人・作家のマリア・コノプニツカなど、歴史に名を残した多くの人々が眠っている。近所で子供時代を過ごしたヘルベルトは、この墓地に埋葬されることを願ったが実現しなかった。表紙に用いた写真は、墓地の正門を入って右手に進むとすぐに始まる69区にあるユゼファ・マルコフスカ（Józefa Markowska）の墓の上部である。前を通りがかるとこちらが見つめられているような気もする、ひときわ目立つ、この墓地でも有名な彫刻であり、ヘルベルトの記憶にも残っていたに違いなかった。彫刻家ユリアン・マルコフスキ（Julian Markowski, 1846-1903）が一八八七年に制作した作品（ユゼファとユリアンは同姓だが、少なくとも近い親族ではないらしい）。表紙デザインの素材は二〇〇八年九月一四日に私が撮影した写真で、カヴァーにはそれを左右反転したものが使われている（関口時正）。

ポーランド広報文化センター
INSTYTUT POLSKI TOKIO

本書は、ポーランド広報文化センターが後援すると共に
出版経費を助成し、刊行されました。

Niniejsza publikacja została wydana pod patronatem
i dzięki finansowemu wsparciu Instytutu Polskiego w Tokio.

Zbigniew Herbert

1924年ポーランド領ルヴフ（現ウクライナ領リヴィウ）市生まれ、1998年ワルシャワ没。タデウシュ・ルジェーヴィチ、チェスワフ・ミウォシュ、ヴィスワヴァ・シンボルスカとともに20世紀後半のポーランド語詩を代表する詩人。60年代末以降ノーベル文学賞候補に挙がる。第一回「ヨーロッパ文学賞（オーストリア国家賞ヨーロッパ文学部門）」(1965)、イスラエルの「(社会の中の個人の自由のための）エルサレム賞」(1991）など数多くの文学賞を受賞。単行刊のエッセイ集に『庭園の野蛮人』(1962)、『轡のある静物』(1993)、『海辺の迷宮』(2000)、戯曲に『詩人の復元』、『哲学者たちの洞窟』、『隣の部屋』がある（『隣の部屋』のみ邦訳あり)。ポーランド国内の70以上の街路に《ヘルベルト通り》の名称が与えられているという。

せきぐち ときまさ

東京生まれ。東京大学卒。1974～1976年、ポーランド政府給費留学（クラクフ)。1992～2013年、東京外国語大学教員（ポーランド文化)。同大名誉教授。著書に『白水社ポーランド語辞典』(共編)、『ポーランドと他者』(みすず書房)、Eseje nie całkiem polskie（クラクフUniversitas刊)、訳書にコハノフスキ作『挽歌』、『歌とフラシュキ』、ミツキェーヴィチ作『バラードとロマンス』、『祖霊祭　ヴィリニュス篇』、ヴィトカツィ作『ヴィトカツィの戯曲四篇』、プルス作『人形』(第69回読売文学賞、第4回日本翻訳大賞）――以上未知谷刊――イヴァシュキェヴィッチ作『尼僧ヨアンナ』(岩波文庫)、レム作『主の変容病院・挑発』(国書刊行会)。共訳書にミウォシュ作『ポーランド文学史』(未知谷)、『ショパン全書簡』シリーズ（岩波書店）など。受賞に2018年《ポーランド舞台藝術作家・作曲家連盟ZAiKS賞》、2019年ポーランド《フリデリク・ショパン協会賞》、2021年《トランスアトランティック賞》(ポーランド文学翻訳の業績に対して）など。

ヘルベルト詩集

2024年 9 月25 日初版印刷
2024年10月10日初版発行

著者　ズビグニェフ・ヘルベルト
編訳　関口時正
発行者　飯島徹
発行所　未知谷
東京都千代田区神田猿楽町 2 丁目 5-9　〒 101-0064
Tel. 03-5281-3751 / Fax. 03-5281-3752
［振替］　00130-4-653627

組版　柏木薫
印刷所　モリモト印刷
製本所　牧製本

Publisher Michitani Co, Ltd., Tokyo
Printed in Japan
ISBN 978-4-89642-735-6　C0098

《ポーランド文学古典叢書》

16世紀　ミコワイ・レイ　Mikołaj Rej

1505年生～1569年没。ポーランド南部で生涯を過ごし、歴史上初めて、ポーランド語だけで執筆して多くの著作を残した作家。「黄金時代」とされる16世紀のポーランド・ルネッサンス文化を代表する人物であり、19世紀には「ポーランド文学の父」と呼ばれるようになる。カルヴァン派信徒。国会議員でもあった。代表作には『領主と村長と司祭、三人の人物の短い会話』（1543）『動物園』（1562）『鏡』（1568）などがあるが、日本語の翻訳はなく、人物と作品の紹介も、本叢書第9巻が日本では初となる。

第9巻　ミコワイ・レイ氏の鏡と動物園

関口時正 編・訳・著

「古き楽しきポーランドの象徴」とも称される人気作家の数多の作品から、絶妙な編纂と翻訳、そして補説。本邦で初めての紹介。

978-4-89642-709-7
176頁本体2000円

16世紀　ヤン・コハノフスキ　Jan Kochanowski

1530年スィツィーナ（ポーランド）生、1584年ルブリン（ポーランド）没。19世紀にアダム・ミツキェーヴィチが出現する以前のポーランド文学において最も傑出した詩人とされる。ラテン語でも執筆した。その文学には、ギリシア・ローマ古典文化の継承に代表されるルネッサンス期欧州共通の特質に加えて、宗教的寛容、田園生活の礼讃、鋭い民族意識といったポーランド的特徴を見て取ることができる。

第1巻　挽歌

関口時正 訳・解説

コハノフスキの代表作。完成された簡素さと最大限の情緒性に驚嘆する、娘オルシュラの死を悼む19篇、涙なしには読めない連作。

978-4-89642-701-1
96頁本体1600円

第10巻　歌とフラシュキ

関口時正 訳・解説

その歌（歌唱）とフラシュキ（戯れ歌）は、今日もポーランドの中学国語で最初の教材であり、多くの文学者に影響を与えてきた。格調高く典雅な歌から、俗で卑猥な言葉、激越な弾劾、囁き声の告白まで。コハノフスキの自由で豊かな言葉の世界へようこそ

978-4-89642-710-3
272頁本体3000円

《ポーランド文学古典叢書》

19世紀　スタニスワフ・ヴィスピャンスキ　Stanisław Wyspiański

1869年生（クラクフ）、1907年没（クラクフ）。19世紀末から20世紀初頭にかけてのポーランドのモダニズム文芸運動「若きポーランド」を代表する画家、劇作家。画家としての代表作には、クラクフ市フランチェスコ会大聖堂のステンドグラス「父なる神」（1897～1902年）のほか、自身の家族や友人を独特のタッチで描いたパステル画「母性」「少年像」（ともに1905年）などがある。また劇作家としての代表作は、本叢書第11巻『婚礼』（1901年）のほか、『ヴァルシャヴィヤンカ』（1898年）、『十一月の夜』（1904年）、『オデュッセウスの帰還』（1907年）など。『婚礼』によって「国民的詩人」となるも、まもなく急激に進行した病のため没する。

第11巻　婚礼

津田晃岐 訳・解説

分割下、祖国を奪われていたポーランドの国民意識を揺さぶった傑作戯曲として今も愛され上演を重ねるポーランド文学の至宝、ついに邦訳成る

978-4-89642-706-6
320頁本体3200円

20世紀　スタニスワフ・イグナツィ・ヴィトキェーヴィチ

Stanisław Ignacy Witkiewicz

1885年ワルシャワ（ポーランド）生、1939年イェジョーリ村（現ウクライナ）没。20世紀ポーランド文化を代表する劇作家・画家。生涯の大半を南部山岳地帯のザコパネの町で過ごした。1939年9月、ソ連軍進攻の報に接して自殺。テクストとしての代表作には、不条理演劇の先駆と言われた戯曲数十篇の他、小説『非充足』、『秋への別れ』などがある。

第6巻　ヴィトカツィの戯曲四篇

関口時正 訳・解説

60年代から現在に至るまで、世界各地で上演され続ける前衛演劇、厳選四作品をポーランド語からの直接翻訳で紹介。「小さなお屋敷で」「水鶏」「狂人と尼僧」「母」を収録

978-4-89642-706-6
320頁本体3200円

未知谷

《ポーランド文学古典叢書》

19-20世紀　S・アン＝スキ　S. An-Ski

1863年、ベラルーシのヴィテプスク地方に生まれる（出生名はシュロイメ・ザインヴル・ラポポルト）。ユダヤ教の教育を受けた後、ユダヤ啓蒙主義に転じ、ロシア語で小説や社会評論を執筆。ナロードニキ運動に関わり、パリで亡命生活を送った後、スイスで社会革命党の活動に従事。ロシアに帰還後、ユダヤ文化復興に尽力する傍ら、ユダヤ民俗調査団を指揮した後、戯曲『ディブック』を創作。第一次世界大戦中はユダヤ人難民の救済事業に携わり、その記録を『ガリツィアの破壊』にまとめた。ロシア革命後は、ヴィルノ（現ヴィリニュス）を経てワルシャワ近郊に落ち延び、1920年に死去。

20世紀　ヴィトルト・ゴンブローヴィチ　Witold Gombrowicz

1904年マウォシーツェ（ポーランド）生、1969年ヴァンス（フランス）没。20世紀ヨーロッパ文学を代表する作家の一人。ワルシャワの高校、大学に学び、1939年夏以降アルゼンチン、1964年以降フランスに住んだ。代表作に短篇集『バカカイ』、小説『フェルディドゥルケ』『トランス＝アトランティック』『ポルノグラフィア』『コスモス』などがあり、いずれも邦訳がある。すべての作品をポーランド語で書いたが、それらがポーランド国内で検閲の介入がない形で自由に読めるようになったのは、民主化後の1990年代のことだった。

第5巻　ディブック／ブルグント公女イヴォナ

西成彦 編／赤尾光春 訳／関口時正 訳

世界の戯曲中、最も有名なユダヤ演劇作品「ディブック」と全世界で毎年欠かさず上演される人気作「ブルグント公女イヴォナ」アンジェイ・ワイダによるスケッチもカラーで。

978-4-89642-705-9
288頁カラー口絵2枚本体3000円

未知谷